AF175351

Stalking-Report

Grenzbereiche

Ein Roman von Horst Reiner Menzel

Impressum:

Bibliografische Informationen:
Die Deutsche Nationalbibliothek verzeichnet die
Publikation im Internet unter: http://dnb.dnb.de
Horst Reiner Menzel
Dieselstraße 8
71546 Aspach
doremenzel@gmx.de
Website: http://www.reiner-menzel-aspach.jimdo.com
3. Auflage 25.04.2021
ISBN-9783752641110
Herstellung und Verlag: BoD - Books on Demand, Norderstedt

Vorwort

Grenzbereiche

Der Jurist definiert Stalking als Nachstellung und Verfolgung einer Person, das solange wiederholt wird, bis das Opfer in seiner physischen oder psychischen Unversehrtheit nachhaltig gestört ist und sich langfristig bedroht und geschädigt fühlt. In den meisten Staaten ist Stalking ein Straftatbestand. Um als Stalking-Opfer zu gelten, muss über mehrere Monate oder Jahre hindurch, die unmittelbare Privatsphäre durch ständige Belästigungen und Übergriffe des Stalkers nachhaltig gestört worden sein. Die offizielle präventivpolizeiliche Definition in Deutschland lautet:

„Das beabsichtigte und wiederholte Verfolgen und Belästigen eines Menschen, so dass dessen Sicherheit bedroht und er in seiner Lebensgestaltung schwerwiegend beeinträchtigt wird."

Der Roman erzählt die Geschichte einer jungen Frau, die anfangs das Geschehen für den Spleen eines abgewiesenen Verehrers hält, sich dann aber bald in ihren Lebenskreisen immer mehr einschränken muss, um den exzessiven Nachstellungen des Stalkers zu entgehen. Die hilfesuchend die Behörden anruft, aber lange Zeit auf taube Ohren stößt. Erst durch ein entscheidendes Ereignis, dass sie selber auslöst, wird sie plötzlich vom Opfer zur Angeklagten.

Der Autor

Kapitel 1 Die kleine Kneipe

In einem kleinen Restaurant in der Innenstadt, wo man sich immer wieder mal mit Freunden oder Arbeitskollegen traf, saßen sie in launiger Runde beisammen. Peter, ein etwa 27- jähriger, gutaussehender Mann mit einem Sichelbart, der sich von einem Ohr zum anderen hinzog und sich an den Koteletten verjüngte, saß neben Cornelia auf dem Barhocker und diskutierte mit ihr heftig erregt über einen Unfallhergang, in den er am Nachmittag verwickelt worden war. Die Feuerwehr hatte ihn aus seinem Wrack herausgeschnitten, doch im Krankenhaus hatte man an ihm keinen einzigen Kratzer feststellen können. Seine sonst so hübschen Lachfältchen in den Augenwinkeln waren verschwunden und man sah ihm an, dass ihm dieses Ereignis schwer zu schaffen machte. Cornelia legte ihm besänftigend ihre Hand auf den Arm und sagte: „Peter, was zählt ist doch, dass du noch lebst – stell dir doch mal vor, wir säßen heute ohne dich hier, müssten dich eventuell im Krankenhaus besuchen oder noch Schlimmer und kaum vorstellbar, auf deinen sonst so hervorragenden Humor für immer verzichten. Höre hinein in deinen Körper dann spürst du das Leben wieder.“

Das Lied deines Herzens

Lass das Lied deines Herzens fliegen,
Schwelgen in den schönsten Melodien,
Gehorche den reichen Gefühlen,
Die dein Innerstes berühren.
Wirst in deinem Traumzeitwesen,
Wie in einem Buche lesen,
Lern das Lied der anderen verstehen,
so lernst du für das eigene Leben.

Rei©Men

Ein Zittern durchlief plötzlich seinen Körper, vermutlich waren es die Nachbeben des Unfalls, den er noch immer nicht gänzlich verarbeitet hatte und dieses unkontrollierbare Nervenflattern auslösten. Cornelia, eine mittelgroße, brünette Studentin, Anfang Zwanzig, nahm ermutigt durch seine Schwäche, die ja bei Frauen automatisch den Beschützer-Instinkt auslösen, nun auch seine rechte Hand und zog ihn mit dem Drehsessel zu sich herum. Eigentlich war sie schon seit einiger Zeit ein bisschen in ihn verliebt gewesen, aber der schöne Mann, den sie in ihm sah, schüchterte sie bisher an, denn in Liebesdingen war sie solchen Eroberer-Typen wie ihn, immer aus dem Wege gegangen. Nun, da er ihr gegenüber überraschend eine Schwäche offenbarte, spürte sie in ihm den sensiblen, feinfühligen Empathen, den er nun nicht mehr verbergen konnte. Peter schaute sie überrascht an, doch bevor er sich wieder im Griff hatte, öffnete sie intuitiv ihre Oberschenkel, was Frauen in der Öffentlichkeit eher sehr selten tun und zog ihn seine Knie zusammendrückend an sich heran, nahm seinen Kopf in beide Hände und drückte ihn an ihre Schulter. Diese Geste und ihr Bewegungsablauf mochten durch die beengten Sitzverhältnisse verursacht worden sein oder war ihrem fraulich, mütterlichen Verhalten, ihn in ihren Schoß aufzunehmen mit ihr durchgegangen, es hatte augenscheinlich eine spontane, unabsichtliche tröstliche Wirkung auf ihn, jedenfalls bemerkte sie ein fast unmerkliches vibrieren, das wie ein Stromschlag durch seinen Körper lief, als sich ihre Wangen berührten, aber dann erstarb es mit einem tiefen ausatmenden Seufzer. Der große, starke Mann hatte Schwäche gezeigt, doch auch in seinem Innersten war eine Veränderung vor sich gegangen. War er doch bisher eher seinem eigenen Vergnügen nachgegangen, hatte sich kaum um die Seelenzustände seiner jeweiligen Partnerinnen gekümmert, geschweige denn versucht ihr Innenleben zu erkunden, so bemerkte er plötzlich schockhaft, dass Frauen eine heilende Wirkung auf seelische Wunden ausüben. Plötzlich war seine Mutter wieder vor seinem geistigen Auge, er sah sich weinend auf sie zulaufen, als er sich die Nase an der Schubkarre aufgeschlagen hatte, als sie im Sand steckengeblieben war, - wie sie ihn in den Arm nahm und Schmerz und Tränen auf sich übertrug. Dann verschwamm das Bild seiner Mutter immer mehr mit dem Gesicht von Cornelia und ohne, dass er es verhindern konnte, küsste er sie auf den Hals und sagte schlicht und einfach nur ein einziges Wort: Danke. Nun war es Cornelia, die von einem Schauer durchrieselt wurde, eigentlich galten ihre spontanen Tröstungen nur einem Menschen in Seelenqualen, nun aber, da er ihr sein wahres Innenleben offenbart hatte, empfand sie mit ihm und konnte nachvollziehen wie er fühlte, war doch diese Zusammenkunft mit den Freunden eigens kurzfristig anberaumt worden, um seine Wieder-Auferstehung von den fast schon Toten zu feiern, doch diese >Feier< hatte auf einmal eine andere Qualität bekommen. Aus einem Impuls heraus drehte sie seinen Kopf herum und küsste ihn auf den Mund, er öffnete ihn ganz vorsichtig und ihre Zungen fanden sich zu einem nicht enden wollenden Intermezzo einer Wiedergeburt, einer Begegnung, die mehr versprach als die Beiden erahnen konnten.

„Hey Cornelia, nun hör mal endlich auf mit deinen Wieder-Belebungsversuchen, du hast es ja geschafft, er ist zurück unter den Lebenden, du bringst ihn ja gleich nochmal um, er bekommt ja kaum noch Luft", hörte man einen Protestruf von Renate, einer Studentin und ihrer WG-Partnerin.

Aber mit Peter und Cornelia war etwas ganz Besonderes vorgegangen, keine Liebe auf den ersten Blick, auch kein vorsichtiges aneinander herantasten, auch keine langsam wachsende Beziehung, wenn aus Zuneigung Liebe wird.
Sondern die Entdeckung einer Seelenverwandtschaft, wie sie nur durch einschneidende Lebensereignisse zustande kommt,

dessen waren sich beide bewusst. Peter flüsterte Cornelia ein paar Worte ins Ohr, sie antwortet ihm und die Anderen reimten sich schnell zusammen, was sie sich zugeflüstert hatten, als sie sich verabschiedeten. Peter, der etwas außerhalb der Stadt wohnte, war mit einem Taxi gekommen und nun liefen sie schweigend in Richtung ihrer WG. Sollte sie ihn mit zu sich nachhause nehmen? So fragte sie sich, verwarf den Gedanken sofort wieder und sah ihn fragend an, doch er hatte wohl eben unausgesprochen den gleichen Gedanken gedacht. „Nein", sagte sie, „bei mir gibt es zu viele Zaungäste, die sich ständig in mein Privatleben einmischen." „Ja, bei mir sieht es ähnlich aus, ich könnte wohl eine Frau mitbringen, aber bevor ich das tue, möchte ich sie dann doch offiziell meiner Familie vorstellen. Wir könnten uns ja ein Hotelzimmer nehmen, aber den Beginn unserer Beziehung stelle ich mir etwas romantischer vor."

Inzwischen waren sie an einer Parkbank angekommen und setzten sich ohne noch ein weiteres Wort miteinander zu reden. Es war ein stilles sich finden ohne Worte, jeder war in seinen eigenen Gedanken versunken.

Man muss das Leben gut studieren,
und jeden Tag von Neuem ausprobieren.

Rei©Men

Irgendwann sagte Peter:
„Komm, ich bringe dich nachhause, morgen ist Sonntag, ich sage meiner Mutter, dass ich dich eingeladen habe, willst du kommen."
„Ja, sicher, das ist eine gute Idee, so machen wir das."
Peter bestellte noch ein Taxi an ihre Haustüre und als sie dort ankamen, erwartete der Fahrer schon seinen Fahrgast."

Ein kleiner Kuss, gute Wünsche für die Nacht und weg war er. Am anderen Morgen fand Cornelia eine App auf ihrem Handy und dachte sie wäre von Peter. Ohne genau hin zu schauen öffnete sie die Nachricht. Doch es musste sich wohl um eine Fehlsendung handeln, denn diesen Kontakt kannte sie nicht und er war weder in ihrem Telefonverzeichnis noch in ihrer WhatsApp registriert.

>Ich liebe dich schon seit Monaten und möchte dich unbedingt kennen lernen. Conny <

>Das muss wohl ein Irrtum sein, ich kenne Sie nicht, versenden Sie Ihre Nachricht an die richtige Person, < schrieb sie zurück. Damit sollte die Sache wohl geklärt sein, dachte sie und als sie gegen 9 h noch einmal ihr Handy überprüfte, war dann auch die erwartete Einladung zum Mittagessen von Peters Familie eingegangen. Natürlich bedankte sie sich für die Einladung und vermerkte pünktlich um 12 h bei den Hermanns einzutreffen. Die Familie wohnte in einer Villengegend, das Haus hatte einen sehr geschmackvoll angelegten Garten in dem auch ein Swimming-Pool mit einer begehbaren Glashaube seinen Platz gefunden hatte. Die Begrüßung durch Frau und Herrn Hermann fiel sehr herzlich aus. Frau Gerlinde bemerkte nebenbei, dass Peter ihnen bisher noch nie eine seiner Freundinnen vorgestellt hatte. Obwohl sie erwartet hatte, dass Peter sich um sie bemühen würde, schnappte sich Walter, Peters Vater, gleich Cornelia und zeigte ihr den Garten, der wohl nicht seine Schöpfung war, aber an der er maßgeblich mitgearbeitet hatte und man merkte ihm an, dass er auf sein Werk sehr stolz war. Das ganze Grundstück war von Kirsch-Lorbeer, Liguster, Buchsbaum, Esche und anderen Hecken und Büschen in gemischter Folge umkränzt, wodurch die Komposition ein etwas geheimnisvolles Image bekam. In den Haupteingang an der

Straße konnte man nur einsehen, wenn sich zufällig mal die automatischen Tore öffneten. Jeder der hier vorbeikam, musste den Eindruck bekommen nicht willkommen zu sein. Aber dieser Eindruck täuschte, das hatte sie nun schon erfahren. Walter drückte auf eine Fernbedienung und die Glaskonstruktion über dem Pool schob sich nach einer Seite zurück und legte einen Wellnesstempel frei, wie man es sich in den feinsten Hotels kaum vorstellen konnte. Doch als sich Cornelia umschaute, sah sie an allen exponierten Punkten des Gartens Überwachungskameras, die automatisch alle Bewegungsabläufe scannten. Das ist eben der Nachteil, wenn man reich und prominent ist, dachte sie.

„Wo ist denn eigentlich Peter", fragte sie seinen Vater.
„Ja weißt du, ich darf doch du sagen, denn bei euch jungen Leuten ist das ja heutzutage so üblich", sagte er, „ach ja, ich sollte ihn ja bei dir entschuldigen, aber er musste heute Morgen noch einmal kurz in die Firma, aber er wird gleich wieder hier sein."
„Darf ich fragen, was für eine Firma Sie haben?"
„Ach weißt du, das ist nicht nur eine Firma, es ist ein Firmen-Consulting, dass in den Anfängen schon mein Großvater begonnen hatte, damals nannte man das natürlich nicht so, aber im Laufe der Jahrzehnte sind wir zu Spezialisten in der Unternehmensberatung geworden, da steckt eben sehr viel Knowhow und Erfahrung dahinter - was machst du denn beruflich?"
„Ich bin Studentin – Philosophie, 5. Semester, ein anderes Fach war damals nicht mehr frei, aber inzwischen gefällt mir diese Orientierung sehr gut, man kann viel über Menschen und ihre Verhaltensweisen erfahren, außerdem ist sie neben der Astronomie und der Mathematik eine der ältesten Denkwelten die es gibt, sie existiert seit tausenden Jahren und geht auf Thales von Milet zurück, dem großen, antiken, griechischen

Philosophen, der um 600 v. Christus geboren wurde. Inzwischen sitze ich mehr in den Hörsälen für Psychologie, weil sich die beiden Fachgebiete hervorragend ergänzen, aber als Beruf ist mir das zu trocken. Für das nächste Semester habe ich mich für die Rechtswissenschaften eingetragen, weil ich mit dem Philosophie-Studium fertig werde."

„Sehr gut", meinte Hermann, „leider gibt es inzwischen zu viele Anwälte – total überlaufen, aber in Verbindung mit BWL kann man in der Industrie ein interessantes Arbeitsfeld finden. Peter hat das gemacht und im Moment ist er in der Firma unser Justitiar. Ein ziemlich aufreibender, doch sehr gut bezahlter Job."

„Hallo Vater, plaudert ihr gerade über mich?"

„Ja, ließ sich nicht vermeiden, doch jetzt werde ich den Garten dir überlassen und mal nachschauen, wie weit Mutter mit dem Essen ist."

Mit dem >Garten< meinte er wohl eher Cornelia, die aus dem Staunen nicht mehr herauskam. Erst jetzt bemerkte sie, dass sie über Peter, den sie bisher bei ihren Partnerwahlgedanken nicht in ihre Überlegungen einbezogen hatte, überhaupt nichts wusste, sich aber ein zu vorschnelles Urteil gebildet hatte. Da musste erst dieser blöde Unfall passieren und schon hatte es >Wumm< gemacht. Dieser riesigen Gartenanlage sah man an, dass sie nicht in Jahren, sondern in Jahrzehnten entstanden war. Da hatten Generationen von Liebhabern der klassischen, englischen Gartenphilosophie gewirkt. Uralte Platanen, Eichen, Buchen, Pappeln und Kastanien gaben der Komposition ihre Grund-Struktur. Weite Freiflächen öffneten sich und gaben neue Durchblicke frei, immer, wenn man meinte, man hätte die Anlage als Ganzes erfasst, bot sie neue Ausblicke und Eindrücke, die das Auge verwöhnten und wohin man auch blickte, durchzogen das hüglig angelegte Profil, wundersame, kleine Wasserläufe und Teichanlagen, mit darüber führenden anmutigen Bogenbrücken die Park- Landschaft, die dadurch viel weiter und offener erschien, als sie in Wirklichkeit war. An den schönsten Stellen unter Trauerweiden, hatten die Gestalter Steintische und Bänke, eingefasst von Hecken und Buschwerk so platziert, das sie zum Verweilen einluden. Die in vielen Parkanlagen so beliebten Stein-Figuren fehlten dankbar, sie hätten mit Sicherheit die gesamte Komposition erschlagen.

„Dein Vater weiß offensichtlich, wenn er das Feld räumen muss", sagte Cornelia zu Peter, „ich bin ja höchst erstaunt, was ich inzwischen so über deine Familie alles erfahren habe, komm wir schauen uns den Garten genauer an, dahinten ist noch ein Gewächshaus, das muss ich mir mit meinen beiden grünen Daumen, die sich allerdings bisher nur an meinen Balkonpflanzen ausgetobt haben, unbedingt ansehen. Weißt du, in meinem Elternhaus hatten wir auch ein Gewächshaus und meine Mutter hat mir vieles über Pflanzen beigebracht."

„Na ja, ich genieße diese Anlage, setze mich in die Sonne, lese ein Buch oder tue einfach überhaupt nichts. Aber ich denke du wirst noch genug Gelegenheit haben alles genauer zu studieren, wir müssen uns langsam bei meiner Mutter einfinden, die kann sehr giftig werden, wenn die Gäste nicht rechtzeitig am Tisch sitzen und das Essen verkocht."

Auf dem Rückweg fragte Cornelia:

„Deine Mutter sagte, ich sei die Erste, die du deiner Familie vorgestellt hast, ist das Zufall oder Absicht?"

„Nun ja, bisher gab es wohl noch nie eine Frau in meinem Leben, die in mir einen Impuls ausgelöst hat, wie es bei dir der Fall war."

„Aber du weißt doch überhaupt nichts von mir, kennst meine Familie nicht, weißt nicht was ich mache usw."

„Ich weiß, dass du Philosophie studierst und dass du mir das Leben wiedergegeben hast, das genügt mir, alles andere werde ich wohl bald erfahren. Und ich weiß von Renate, deiner

WG-Partnerin, dass du noch nie einen Mann in die WG mitgebracht hast."

„Na, na - ich habe nur drauf geachtet, dass sie nicht alles mitbekommt, aber auch Renate ist im Umgang mit Männern sehr vorsichtig, sie sagt immer, erst kommt das Studium, dann die Liebe, ich fürchte nur, dass man diese Reihenfolge nicht immer so einhalten kann, wenn die Liebe unverhofft dazwischenkommt."

„Ja, eines Tages ist man erwachsen, die Kindheit ist abhandengekommen, ohne dass man es richtig gemerkt hat, die Unbekümmertheit des Seins, geht verloren, man wird von Pflichten in Anspruch genommen, von denen man vorher nichts ahnen konnte. Eine wunderschöne, unbekümmerte Zeit verschwindet, in der man einfach glücklich war, ohne dass man es richtig einzuschätzen wusste."

Auf der Terrasse erschien Walter und winkte ihnen rein zu kommen. Cornelia fragte, ob sie noch etwas helfen könne, was abgelehnt wurde, weil sie heute der Ehrengast der Familie sei und wie Walter bemerkte, war es Gerlinde damit ernst, wenn das einziges Kind, ihr zum ersten Mal einen winzigen Einblick in sein Liebesleben gewährte, wollte sie von vorn herein alles richtigmachen, schließlich konnte sie ja nicht wissen, dass die bis auf einen Kuss noch platonischen Liebesbeziehungen zwischen den Beiden, erst ein paar Stunden bestanden. Während des Essens wurden noch viele, mehr oder weniger interessante Informationen ausgetauscht, doch nach dem Dessert, nahm Peter Cornelia an die Hand und zog sie hinauf in seine >bescheidene Hütte<, wie er sie nannte, die, wie sich herausstellte einem Luxus-Apartment im teuersten Hotel sehr nahe kam, doch es war sehr geschmackvoll und gemütlich möbliert, kein Protz, keine teuren Designerstücke oder Sporttrophäen an den Wänden, sie mochte es auf den ersten Blick gut leiden, es entsprach auch ihren Vorstellungen vom einem gut situierten Leben.

„Bitte erschrick nicht, aber ich kann nichts dafür, dass ich mit einem goldenen Löffel geboren worden bin. Die männlichen Nachkommen meiner Familie verkehrten früher schon in den feinsten Kreisen des Kaiserreiches, bis dann dieser Hitler eine kurze, aber heftige Unterbrechung erzwang. Mein Großvater fiel bei den Nazis in Ungnade, weil er nicht mitmachen wollte und musste in die Schweiz fliehen. 1946 kam er mit meiner Großmutter und meinem Vater zurück und sie wagten in der Stunde null einen Neuanfang. In unserem Haus, hatten sich inzwischen die Amerikaner breitgemacht, mussten es aber freigeben, weil Großvater als Dissident des Dritten Reiches anerkannt worden war. Damals hatten bei den Amis neben den Naziverfolgern, schon mehr und mehr die Wirtschafts-Fachleute das Sagen, denn die darniederliegende Wirtschaft musste aufgebaut werden, damit einher ging auch die Marschall-Planhilfe und man brauchte dringend Fachleute wie meinen Großvater, - also wie du siehst - alles total legal. Doch erzähl mir doch mal was von deiner Familie, ich bin sehr neugierig."

Das musste dann aber doch noch ein wenig warten, denn inzwischen saßen sie in seinem komfortabel und geschmackvoll eingerichteten Couch-Arrangement brav nebeneinander, die gestern noch so vertraute Atmosphäre war irgendwie abhandengekommen – vorsichtig legte er seinen Arm um ihre Schultern, doch sie machte sich los.

„Ich muss das alles hier erst einmal verdauen", sagte Cornelia, „so hatte ich mir das nicht vorgestellt."

„Nun siehst du, warum ich bisher keine Frau so nahe an mein Leben herangelassen habe, wir hätten gestern doch in ein Hotel gehen sollen, dann hätten wir heute kein Problem mit zu viel Nähe!"

„Bitte versteh mich nicht falsch, ich bin richtig verliebt in dich, aber lass mir etwas Zeit, ich möchte nach den vielen Eindrücken, die ich heute hatte, alles in Ruhe und allein überdenken und verarbeiten. Kommst du morgen Abend in unsere Kneipe?"

„Na klar, also dann bis morgen, ich bringe dich noch raus, aus unserem Fort Knox."

Als sie zuhause war, dachte sie über die Eindrücke und Veränderungen, welche die letzten 24 Stunden auf sie eingestürmt waren in Ruhe nach. Ihr bisher eher beschauliches Leben, dass sich zwischen Elternhaus, Studium und ihrer eher kleinen Wohnung eingependelt hatte, war aus den Fugen geraten. Peter, ein Mann der inzwischen mitten im Geschäftsleben stand, eigentlich einer jener Typen die sich jede Mutter als Schwiegersohn wünscht, war unverhofft in ihr Leben getreten und sie fragte sich, ob sie es mit ihm aufnehmen konnte, ob sie ihm ebenbürtig sein würde, nicht nur in ihrer Beziehung, sondern auch im Berufsleben, dass ihr ja noch bevorstand und von dem sie noch keine Vorstellungen hatte, wohin es sich entwickeln würde. Eines war ihr jedoch bewusst, sie bewegte sich auf neuen Pfaden, auf Wegen von denen man glaubt, dass sie irgendwo beginnen, bevor sie zueinander führen und sich in der Zukunft glücklich vereinigen, doch jede Wanderung, auch die des Lebensweges beginnt mit dem ersten Schritt, den man mutig machen muss, wenn er einem Ziel zustreben will.

Die Wege des Lebens

Denkst du dein Leben bis zur ersten Mikrobe zurück,
die entstand, kannst du nur vor Ehrfurcht niedersinken,
und um hohe Erkenntnis ringen, warum es dich gibt.
Denke nie darüber nach, wie lange du lebst,
oder wie lange dein Leben schon währet.
Schon ein einziger Tag, wäre schöner gewesen,
als überhaupt nicht geboren zu werden.
Wenn dein Sein endet, wird es in den ewigen Kreislauf
des unendlichen, intelligenten Universums,
indem nichts verlorengeht, zurückkehren.

Rei©Men

***

Kapitel 2 Der Stalker

Als Cornelia nachhause kam, checkte sie erst einmal ihr Handy. Wieder war eine WhatsApp eingegangen, doch diesmal prüfte sie genauer, wer ihr die Nachricht geschickt hatte.

„Lass diesen Peter sausen, der ist eine Nummer zu groß für dich, ich liebe dich! Conny."

Sollte sie antworten, sie dachte eine Weile darüber nach, dann entschied sie sich dagegen. Psychologisch gesehen wäre das eine Ermunterung für ihren heimlichen Verehrer gewesen und solange es bei seinen verliebten Spielchen blieb, musste sie nicht darauf reagieren. Allerdings richtete sie sich vorsichthalber auf dem Laptop eine Datei ein, wo sie die WhatsApp speichern konnte. Dann schaute sie noch bei ihrer WG-Partnerin vorbei, traf sie aber nicht an. An der Tür hing ein Zettel:

>Meine Mutter ist schwer erkrankt, musste sofort zu ihr, kümmerst du dich um die Blumen und esse bitte auch den Kühlschrank leer, ich weiß nicht wann ich zurückkomme. Danke Renate. <

Sie schaute mal kurz hinein und fand ihre Sorgen berechtigt, da tummelten sich zwei Steaks, diverse Käsesorten und im Tiefkühlfach fand sie eine Packung Vanilleeis und frische Erdbeeren. Auf dem Sideboard standen zwei Flaschen Medoc, anscheinend hatte Renate eine Einladung ausgesprochen, die sie nun nicht mehr einhalten konnte. Da musste wohl was passieren und was lag näher, als Peter für den kommenden Abend einzuladen. Sie überlegte, ob sie Peter von ihrem WhatsApp-Verehrer berichten sollte und war sich nicht sicher, wie er das aufnehmen würde. Also rief sie ihn an, er freute sich und sagte:

„Ich wollte dich auch gerade wegen morgen anrufen. Es wird dann doch etwas später werden, ich muss eine wichtige geschäftliche Sache am Computer überwachen und das geht in der lauten Kneipe nicht."

„Komm doch nach der Arbeit bei mir vorbei, - ich koche was, und – wir haben eine sturmfreie Bude – Renate ist verreist und hat mir einen Berg Lebensmittel überlassen, der unbedingt wegmuss."

„Wunderbar, ich bringe meinen Laptop mit, dann haben wir den Abend für uns. Ich freue mich."

„Ich auch, gute Nacht."

„Gute Nacht und träume von mir."

In der Vorlesung hatte sie ihr Handy auf Stumm geschaltet, doch bald vibrierte es, war das wieder dieser fiese Typ, der sie nicht in Ruhe ließ oder gab es neue Nachrichten von Peter bzw. Renate. In einer Pause schaute sie rein:

„Ich bin böse mit dir, warum verabredest du dich mit Peter. Conny?"

Das war nun doch der Hammer, woher wusste der Typ, dass sie sich für den Abend mit Peter verabredet hatte? Konnte der hellsehen oder hatte er Zugriff auf ihr Handy. Das konnte nicht sein, aber welche Möglichkeiten gab es noch an diese Informationen zu kommen. Spontan wollte sie Peter anrufen, besann sich aber eines Besseren, der hatte damit überhaupt nichts zu tun und konnte ihr auch nicht helfen, denn körperlich bedrohte sie ja niemand. Sie dachte lange darüber nach, bis sie zu der Erkenntnis kam, dass sie nur bei ihrem Telefonat mit Peter abgehört worden sein konnte. Trotzdem rief sie Renate an und erzählte ihr die Vorgänge um ihre gemeinsame Wohnung.

„Hast du irgendjemand mal einen Wohnungsschlüssel gegeben?"

„Da kommt nur einer in Frage, aber das ist schon sehr lange her, doch den habe ich zurückbekommen und außerdem sind die Schlüssel kopiersicher, jedenfalls hat mir das der Hausmeister versichert."

„Dann kann also nur der Hausmeister in unsere Wohnung rein oder ein sehr geschickter Einbrecher, so einer, wie man ihn immer mal in den Filmen sieht. Da zieht ein Schauspieler sein Einbrecherbesteck aus der Tasche und eins zwei drei, schon ist er in der Wohnung. Oh entschuldige, wie geht es denn deiner Mutter?"

„Nicht sehr gut, sie hatte einen Schlaganfall, aber die Ärzte versicherten mir, wenn sich keine weiteren Gerinnsel bilden, wird sie durchkommen, jetzt hängt sie am Tropf und muss wahrscheinlich später Marcumar einnehmen, das sind diese Blutverdünner, die Blutgerinnsel verhindern sollen."

„Also, dann auch von mir alles Gute und baldige Genesung."

„Werde ich ausrichten."

„Bevor ich' s vergesse, deinen Kühlschrank werden wir leermachen, ich habe jemand kennen gelernt, also bitte morgen Abend keine unnötigen Störungen."

Am Abend kam Peter und brachte zwei weitere Flachen Wein mit: >Châteauneuf du Pape 2005 < las Cornelia.

Samtrot

Samtrot wie der Wein,
soll unsere Liebe sein,
spritzig, herb zuweilen heiß,
sinnbetörend oft, wie Eis.
In den Stunden darin,
erkennen des Lebens Sinn,
in unser Selbst hinein,
schauend, ertrinken,
im gütigen Widerschein,
ewiger Dämmerung versinken.

Rei©Men

„Die habe ich meinem alten Herrn entwendet, aber er hat' s gemerkt, wünscht uns einen schönen Abend und schöne Grüße auch von meiner Mutter, bei der bist du anscheinend sehr gut angekommen. Sie liegt mir schon lange in den Ohren, mein Junggesellenleben aufzugeben, aber wie sie sich das so vorstellt, läuft das heutzutage nicht mehr. Ja damals, als alle noch nichts hatten, war das Kennenlernen auf den Tanzsälen einfacher, man tanzte miteinander, hatte seinen unschuldigen Spaß, kam sich beim Tanzen auch körperlich näher und merkte sehr schnell, wer zu einem passte", erzählte Peter.

„Hast du dich deshalb auf mich eingelassen, weil dir deine Mutter ständig in den Ohren lag?"

„Aber nein, mir ist die Richtige bisher noch nicht begegnet, das ist Kopfsache, ich hatte dich schon ein Weilchen beobachtet, aber du schienst mir so unnahbar, hast mich jedenfalls nicht ermutigt."

„Und was hast du nun herausgefunden?"

„Studentin, intelligent, lebt zurückgezogen, geht nicht gleich mit jedem ins Bett und macht nicht alle Kerle an."

„Und was sonst noch so?"

„Ja, willst du das wirklich wissen?"

„Also los mach schon, sei ehrlich."

„Gut, aber nicht böse sein: Kommt eventuell in die engere Wahl, scheint mir aber zu schüchtern zu sein. Aber jetzt bist du dran, was hast du über mich zusammengetragen."

„Gut aussehender Typ, viel zu schön zum Heiraten, die Frauen machen es ihm leicht, den kannst du auf Dauer nicht für dich allein haben. Entweder hat er sein ganzes Geld in sein Auto gesteckt, oder er verdient klotzig. Ist jetzt total am Boden zerstört, weil seine vielgeliebte Karre im Arsch ist, wohnt noch im Hotel Mamma."

„Na, das ist ja nicht sehr schmeichelhaft", meinte Peter.

„Also gut, das mit dem Auto nehme ich zurück, aber die anderen drei Punkte stehen immer noch und das >Hotel Mamma <, ich glaube, da wäre ich auch nicht ausgezogen. Aber mal ehrlich, wenn wir schon dabei sind die Fronten zu klären, als ich dich wie ein Häuflein Elend in der Kneipe angetroffen habe, sah ich nur den Menschen in dir, das hat mich berührt und dem musste geholfen werden."

„Also, noch mal recht herzlichen Dank dafür und ich verspreche dir, ich bin kein Frauentyp, wenn es auch auf den ersten Blick so aussieht, ich kann nichts für mein Aussehen. Natürlich fliegen viele Frauen auf mich, aber ich weiche meistens geschickt aus. Auch in unserer Runde haben es ein paar versucht und mit dir wäre es ohne den Unfall bestimmt genau so gelaufen, aber du warst die Einzige, die mir nicht schöne Augen gemacht hatte. Du musst das doch auch verstehen, als Frau bist du in gewisser Weise auch eine Schönheit, welche die Männer anzieht und so gesehen kannst du dich bestimmt vor Angeboten kaum retten."

Cornelia dachte daraufhin erst mal über ihr Aussehen nach, während sie das Essen zubereitete. Natürlich wusste sie, dass sie einen ebenmäßigen Körperbau besaß, aber den hatten tausende andere Frauen auch. Worin konnte er an ihr etwas Besonderes erkennen, dachte sie? Vielleicht war es genau das, was ihn berührte, nichts Besonderes, ja klar, sie war eine Naturschönheit, unverfälscht, ungeschminkt und ungekünstelt. Sie hatte weder die Haare gefärbt, noch irgendwelche Dauerwellen nötig, daran hatte sie überhaupt noch nie gedacht und wenn sie ausging, legte sie noch nicht einmal Rouge auf oder schminkte sich die Lippen.

Für Doris

Gott hat die Frauen so schön gemacht,
bestimmt hat er sich etwas dabei gedacht,
wenn sie ganz leicht die Wimpern senken,
und dir ihr schönstes Lächeln schenken,
genau dosiert sie wieder heben,
kannst du dich nur noch ihr ergeben.
Ich liebe dich so wie du bist,
dein reines Herz meine Seele küsst.

Rei©Men

„Du, schau doch mal in meine Hausbar, die mit der Glasscheibe im Schrank, da stehen ein paar Flaschen mit Aperitif' s und gieß uns was ein, Eis ist im Tiefkühlfach, ich bin gleich fertig."
Nach dem Essen hatte Cornelia sich vorgenommen, ihm etwas aus ihrem Leben zu erzählen, denn die Ereignisse hatten ihr bisher dafür keine Zeit gelassen. Die Steaks' s waren zwar nicht vom allerfeinsten Fleisch, außerdem nicht lange genug abgehangen, aber eine gute Marinade, scharfes Anbraten und vorsichtig mit Deckel auf der Pfanne weiterdünsten, machten sie zart wie Butter. Bis zum Servieren ließ sie sie noch unter dem Deckel nachgaren. Trotzdem entschuldigte sie sich bei Peter, weil sie das Fleisch nicht selbst gekauft hatte und erzählte ihm warum Renate nicht zuhause war.
„Ich weiß nicht was du hast, sie sind doch hervorragend."
„Na dann, lass es dir schmecken."
Nach dem ersten Schluck Wein war sie an der Reihe Komplimente zu machen.
„Dein alter Herr hat ja einen auserlesenen Geschmack, schon deshalb sollte ich dich heiraten."
„Soweit sind deine Überlegungen also schon gediehen, magst du nun mich oder das ganze Ambiente um mich herum?"

„Weißt du, bei meinen wenigen Versuchen einen Lebens-partner zu finden, ist mir immer genau der gleiche Gedanke gekommen: Will der mich wegen meines Geldes oder meint er wirklich mich!"
„Du bist reich?"

Unfair

Das Leben ist sehr oft nicht fair,
Manchen begünstigt es allzu sehr,
Weil sich natürlich oft die Reichen,
Den Wohlstand nur erschleichen.

Wohlhabenheit beruhigt ungemein,
Aber Millionen müssen es nicht sein,
Gedenk der Armen dieser Welt,
Denn es zählt nicht nur das Geld.

Mensch sei gütig denke Weise,
Bald gehst du auf die große Reise,
Was nützet dir das ganze Raffen,
Das letzte Hemd hat keine Taschen.

Rei©Men

„Natürlich nicht so wie du, aber schon eine gute Partie, wie man so sagt. Aber das wissen nur wenige. Mein Großvater hat mir dieses große Miethaus hier und noch ein paar andere ver-erbt, dazu noch ein bisschen Bares und Aktien, die er vor dem Ersten Weltkrieg in der Schweiz deponiert hatte. Deshalb will ich noch einen BWL-Studiengang dranhängen, damit ich mein Vermögen selbst verwalten kann. Bisher macht das ein Treu-händer, doch dem traue ich nicht mehr so richtig."
„Aber warum lebst du hier in der WG mit Renate?"

„Das ist praktischer so und man fühlt sich nicht so allein, hat sozusagen einen Partner und Renate hat es nicht so dick, wenn sie neben ihrem Studium noch jobben gehen müsste, hätte sie zu wenig Zeit zum Lernen. Ihr fällt es nicht so zu, sie muss schon ganz schön dranbleiben, wenn sie es bis zum Mechatronik-Ingenieur schaffen will."

In diesem Moment brummte Cornelias Handy, aus Gewohnheit schaute sie wie immer hinein und erschrak, wieder eine WhatsApp Nachricht.

„Wenn du heute mit ihm schläfst, bringe ich dich um, schick ihn nachhause. Conny!"

Das war eine eindeutige Drohung, konnte aber auch eine allgemeine, nicht so bierernst gemeinte Warnung sein. Was hatte sie diesem Conny getan, wer war er, was wollte er von ihr, warum gab er sich nicht zu erkennen, konnte er nicht offen über seine Liebe zu ihr reden? Peter hatte mitbekommen, dass ihre gute Stimmung umgeschlagen war, das sah man ihrem Gesicht an.

„Was hast du?" fragte er.

Sie reichte ihm ihr Handy über den Tisch.

„Das ist schon die dritte Nachricht von dem Kerl und ich weiß nicht wer er ist und was er von mir will."

Als er gelesen hatte, fragte er:

„Hast du die anderen Nachrichten noch?"

„Ja, ich speichere alles auf meinem Laptop."

„Schick sie mir morgen, ich lasse das von unserer Rechtsabteilung prüfen. Vielleicht können wir seine Handynummer herausfinden. Komm zu mir, heute möchte ich dich mal in den Arm nehmen und dich trösten."

„Komm wir gehen in mein Wohn-Schlafzimmer. Cornelia nahm ihn an die Hand, machte aber nur das Licht der Stehlampe und ihrer Leselampe an und setzte sich in ihre Couchlandschaft."

„Au, was habe ich denn hier liegenlassen?"

Als sie den Gegenstand unter sich hervorholte schnitt sie sich mit etwas Scharfen in den Finger und ihr entwich ein kleiner, spitzer Schrei, sodass sie wie von einer Tarantel gestochen hochsprang. Peter, der in der Tür stehengeblieben war und das gesamte Ambiente ihrer Wohnlandschaft auf sich wirken ließ, schaltete das Hauptlicht an und war sofort bei ihr. Dann sahen sie es, mitten auf den Liegeflächen lag ein großes Küchenmesser."

„Das habe ich schon den ganzen Abend gesucht", stieß Cornelia hervor. „Wie kommt das auf die Couch?"

„Zeig mir mal deinen Finger, scheint nicht so schlimm zu sein, hast du ein Pflaster?"

„Ja, im Bad, ich bin gleich zurück."

Peter hatte nun Zeit zum Durchatmen und schaute sich ein wenig im Zimmer um. Und da lagen sie, alle ihre BH' s, Strümpfe und Dessous, über ihr Bett verstreut und aus der Matratze schauten eine Unmenge Stricknadeln heraus, die aber, wenn man sie richtig betrachtete eine Buchstabenreihe bildeten. Er legte den Kopf etwas schräg und konnte nun von der Seite her den Text lesen.

„Letzte Warnung! Conny."

Als er aufblickte stand Cornelia im Türrahmen und fing an bitterlich zu weinen, dass veranlasste ihn, sie in den Arm zu nehmen und zu trösten, aber ihre Schluchzer wurden immer lauter, sie war nicht mehr zu beruhigen.

„Soll ich die Polizei anrufen? Das reicht jetzt."

„Bitte nicht, das mache ich selber und du gehst jetzt besser nachhause."

Wortekünstler

Worte wiegen manchmal schwer,
unausgesprochene noch viel mehr.
Ist es auch manchmal schwer zu ertragen,
sollte man sich immer die Wahrheit sagen.

Es arbeitet die Evolution,
an unserer Sprache seit Langem schon.
Menschen sprechen mit Geist, Händen und Füssen,
und manchmal auch nur mit Küssen.

Rei©Men

„Du, ich weiß was du denkst, aber ich kann dich in dieser Situation jetzt nicht alleine lassen."
Cornelia nahm ihn ohne ein Wort zu sagen an der Hand und zog ihn aus ihrer Wohnung heraus, in den Lift hinein, erst dann sprach sie weiter.
„Doch, du gehst, wir müssen ab sofort einen klaren Kopf bewahren und alle Gegenaktionen genau abstimmen, dazu wird es erforderlich sein, dass wir uns jetzt erst Mal trennen.
Ich kann dich und deine Familie da nicht mit hineinziehen."
Sie hatte sich wieder gefangen, konnte wieder klar denken und das bemerkenswerte war, sie dachte gleich für ihn und die Folgen, die sich ergeben könnten mit, wenn bekannt würde, in was für eine pikante Angelegenheit er da hineingeraten war, würde die Boulevardpresse die Zähne fletschen und alle zerfleischen. Kaum auszudenken was das in der Folge für seine Familie und seine Firma für Konsequenzen haben würde.
„Stimmt, ich weiß was du denkst, du hast völlig recht, es könnte auch eine Aktion gegen unsere Firma sein, die irgendjemand beauftragt hat. Wir wissen nicht einmal, ob wir abgehört werden und wenn wir die Polizei einschalten, weiß es bald die ganze Stadt. Ich gehe nachhause und bespreche alles mit

meinem Vater. Wir haben auch eine hervorragende Detektei an der Hand, die dich beschützen wird, ich rufe dort gleichmal an. Inzwischen alles fotografieren, aber nichts anrühren und schlafe heute in Renates Zimmer, schließe alle Türen zu und schiebe eine Kommode vor die Schlafzimmertüre."

Es folgte ein langer sehnsüchtiger Kuss, dann drückte Peter auf das E und der Lift fuhr nach unten. Nach ein paar weiteren heftigen Küssen, die als Ersatz für das gestörte tete a tete reichen mussten, stieg er in den Wagen seiner Mutter, den er sich ausgeliehen hatte und fuhr nachhause. Nach einer Stunde erklang auf ihrem Handy der Ruf Ton, sie war auf eine weitere Nachricht gefasst, aber es war Peter.

„Geh bitte ins Treppenhaus."

„Ja, hier bin ich wieder", sagte sie als sie die Wohnung verlassen hatte.

„Morgen früh kommt ein Schlüsseldienst, er ruft dich vorher noch an, sein Codewort ist der Wein, den wir ausgetrunken haben. Gute Nacht und schlaf gut."

Cornelia stellte auf die Kommode noch einen Stuhl drauf und die leere Weinflasche des Châteauneuf du Pape 2005.

Am nächsten Morgen ging sie nicht in den Hörsaal, sondern blieb zuhause. Gegen zehn Uhr erhielt sie einen Anruf, der Anrufer sagte nur einen Satz:

„Châteauneuf du Pape 2005, in fünf Minuten, ich trage eine grüne Baseballkappe", dann legte er auf. Kurz darauf klingelte es, als sie öffnete, legte der Mann seinen Zeigefinger auf den Mund und signalisierte ihr nichts zu sagen. Sie ließ ihn rein, er klappte gleich seinen Koffer auf, nahm ein Wanzen Spürgerät heraus, fand tatsächlich eine, entfernte sie, suchte auch nach versteckten Kameras, dann gab er Entwarnung indem er sich vorstellte.

„Mein Name ist Werner, mehr müssen sie im Moment nicht wissen, ihr Freund hat mich beauftragt die Spuren zu sichern, neue, sichere Schlösser einzubauen und in jedem Raum, außer im Badezimmer eine Überwachungskamera zu installieren." Nachdem er mit seinen Arbeiten fertig war, erteilte er ihr ein paar Sicherheits- und Verhaltens Hinweise.

„Hier ist ein abhörsicheres Handy, mit dem können sie ihren Freund und auch mich anrufen, damit aber bitte mit niemand anderem telefonieren, dazu nehmen sie ihr eigenes und geben sie mir alle WhatsApp Nachrichten des Täters. Wenn sie das Haus verlassen, rufen sie mich vorher an. Wenn sie sich mit ihrem Freund treffen möchten, rufen sie mich ebenfalls an, ich werde dann das Treffen arrangieren, ohne dass der Täter davon Wind bekommt. Können sie sich verteidigen, ich meine, Judo, Karate oder so, haben sie eine Waffe?"

„Eine Waffe habe ich nicht, aber ich habe schon mal einen Selbstverteidigungs-Kurs für Frauen mitgemacht."

„Sehr gut, machen sie sofort noch einen Auffrischungskurs."

„Darf ich mein Bett wieder benutzen?"

„Ja, natürlich, dass Messer und die Nadeln habe ich mitgenommen, sie müssen auf Spuren untersucht werden."

In diesem Moment klingelte es und man hörte Renate rufen:

„Bist du zuhause, mach mal auf, ich komme nicht rein."

Werner legte wieder seinen Finger auf den Mund und bedeutete Cornelia nicht zu antworten. Dann nahm er sie an der Hand und ging mit ihr auf den Balkon. Leise fragte er: „Wer ist das?"

„Meine WG-Partnerin."

„Habe ich mir schon gedacht, wir warten hier und beobachten was sie machen wird."

Kurz darauf hörte man den Rufton auf Cornelias Handy, aber das lag in der Wohnung.

„Nicht reagieren, wenn sie nachfragt, hatten sie es vergessen mitzunehmen, aber vermutlich hat sie das schon mitbekommen, denn den Rufton hört man ja durch die Türe.

Wir setzen uns auf den Boden und warten bis sie geht, ich vermute, sie wird sie in der Uni suchen." Bald darauf sah man Renate in Richtung Parkhaus davongehen, wo sie ihren VW-Bus geparkt hatte.

„Kommen sie, ich bringe sie schnell zur Uni, sie müssen dort sein bevor sie eintrifft und nochmal zu keinem Menschen ein Wort, auch nicht zu ihr."

„Ja warum das denn?"

„Trauen sie keinen, lassen sie niemand näher als zwei Meter an sich heran und vor allen sprechen sie mit niemand über die Ereignisse, auch nicht mit ihren Freunden, nennen sie nie ihren und Peters Namen in irgendeinem Zusammenhang, dann kann ich ihnen am besten helfen."

„Alles klar, danke schön, Tschüss und auf gute Zusammenarbeit."

Als Cornelia den Hörsaal verließ, kam ihr Renate entgegen.

„Du sagte sie, ich komme nicht in die Wohnung hinein, das Schloss sieht auch anders aus als sonst. Hast du das einbauen lassen? Ich wollte mir nur ein paar Sachen holen, ich komme so bald nicht zurück, weil ich meine Mutter betreuen muss."

„Na dann los, hier hast du den neuen Sicherheitsschlüssel, aber pass auf ihn auf, der kostet eine Menge Geld."

„Du ich weiß nicht, behalt ihn lieber, du weißt doch wie schusselig ich bin, ich werde in Hamburg weiter studieren und zu meiner Mutter ziehen. Die Möbel gehören ja sowieso dir und meine paar privaten Sachen passen ins Auto."

Nachdem sie alles verstaut hatten, wünschte Cornelia ihr und ihrer Mutter alles Gute.

„Melde dich mal."

„Ja, du auch und vielen Dank für alles."

Sie umarmten sich noch heftig, aber Cornelia hatte den Eindruck, dass die Chemie zwischen ihnen nicht mehr so wie früher stimmte. Dabei wäre Renate eigentlich Cornelia zu etwas mehr Dank verpflichtet gewesen, denn sie hatte ihr nur eine lächerlich niedrige Miete abverlangt. Na ja, dachte sie, so sind halt nun mal die Menschen und hakte diesen Eindruck unter Erfahrungen ab. Am Abend rief Peter auf dem neuen Handy an und fragte ob alles in Ordnung sei.

„Ich fühle mich so allein und unbeholfen wie noch nie in meinem Leben. Können wir uns nicht weit weg von hier kurz treffen?"

„Am nächsten Wochenende habe ich frei, der Fall den ich gerade bearbeite ist gelöst und ich nehme im Moment nichts Neues an. Mein Vater wollte sich sowieso langsam aus dem aktiven Geschäft zurückziehen, aber nun muss er eben wieder mehr ran."

„Das ist ja noch sooo… sehr lange hin, ich gehe bis dahin ein. Ich kann mich auf nichts mehr konzentrieren, muss immer wieder daran denken, was der Kerl mit meinem Bett gemacht hat."

„Ich rufe unseren Sicherheitsmann an, mal sehen, was der meint, ich ruf dich gleich wieder an."

Nach einer Viertelstunde rief Peter wieder an und sagte:

„Zieh dir deinen Jogginganzug an und die Laufschuhe, die ich bei dir gesehen habe und dann läufst du zum Bahnhof, steig in die S-Bahn nach Charlottenburg-Wilmersdorf, geh in der Kantstraße ins Kant-Kino und hinten wieder raus, unser Mann, er heißt übrigens Werner, holt dich dort ab und Tschüss bis bald."

Als sie aus dem Notausgang herauskam, stand dort ein VW Golf und der Fahrer blinkte kurz mit der Lichthupe. Als sie einstieg, fragte er:

„Hat sie jemand verfolgt."

„Ich habe nichts bemerkt."

„Achten sie auf alles, schauen sie sich die Leute genau an, die im Zug sitzen, merken sie sich die Gesichter und speichern sie ab, wenn ihnen ein Gesicht wieder begegnet, wenn möglich fotografieren. Sie tun so, als wollten sie die vorbeirauschende Landschaft aufnehmen und drücken noch mal auf den Auslöser, wenn sie das Handy absetzen. Üben sie mit einer Hand zu fotografieren und stellen sie den akustischen Auslöser ab, dann merkt niemand, was sie aufnehmen. Prüfen sie alle Fotos, ob sie jemand wiedererkennen und schicken sie mir alles zu. Machen sie so viel Fotos wie möglich, wenn sie sich in der der Öffentlichkeit bewegen, nehmen sie alles in ihrer Umgebung auf, ich werte die Bilder dann aus."

Inzwischen waren sie in einer dunklen Seitenstraße angekommen, da wartete schon Peter auf sie. Den Wagen den er fuhr kannte sie nicht, aber er klärte das sofort auf.

„Das ist ein Leihwagen, den habe ich mir geholt, denn ich war ja an dem Unfall nicht schuld."

„Und was machen wir nun", fragte Cornelia.

„Wir haben ein Bootshaus an der Havel, dort können wir uns treffen, ich komme mit meinem Paddelboot, das sind von uns zuhause nur drei Kilometer, dann kann mich niemand verfolgen und am Wochenende verschwinden wir erst mal für eine Weile, bis sich alles wieder beruhigt hat. Vielleicht gibt der Stalker auch auf, wenn er dich nicht mehr findet. Den Wagen lasse ich dir hier. Da ist der Schlüssel, die Papiere sind im Handschuhfach."

In der Hand trug er eine große Einkaufstüte, Cornelia vermutete mal, dass sich darin Lebensmittel befanden.

„Und wie kommst du nachher nachhause?"

„Mit meinem Kajak, kannst du paddeln?"

„Na sicher, jeder Berliner hat doch schon mal in so einem Boot gesessen, aber viel Übung habe ich nicht."

„Wir haben hier im Bootshaus mehrere Kajaks, Einer, Zweier und ein Segelboot, wenn das vorbei ist, können wir auch mal zusammen segeln gehen."

Sie liefen noch ein paar Straßen weiter zu fuß, dann standen sie am Wasser, wo man eine lange Reihe von Wassergrundstücken erkennen konnte. Er bog plötzlich nach rechts ab, der Weg endete direkt am Wasser.

„Und nun, hier geht es ja nicht weiter."

„Eben, zieh die Schuhe und die Strümpfe aus und krempele die Hose hoch, wir müssen von hinten an den Steg heranwaten, das habe ich schon früher als Kind immer so gemacht, wenn meine Eltern nicht merken sollten, dass ich weg bin."

Sie wollte kurz auflachen, doch im gleichen Moment unterdrückte sie die Aufwallung, zugleich begriff sie bis ins innerste, dass sie eine Gefangene dieses Verbrechers war, sie durfte nicht einmal mehr frei und nach Herzenslust lachen.

Peter hatte es bemerkt und sagte:

„Verhalte dich ruhig, den Nachbarn werden wir uns morgen früh beim Schwimmen kurz zeigen, dann werden sie annehmen, dass ich wiedermal mit einer kleinen Freundin hier bin und sich nichts weiter dabei denken."

„Ist wohl öfters vorgekommen und nun kommt es mir zugute, >weil sie sich nichts weiter dabei denken <",

betonte sie diesen Nachsatz.

„Bist du etwa auf meine Vergangenheit eifersüchtig, du hast doch auch eine, oder?"

„Ja schon, aber ich kann mich einfach nicht daran gewöhnen, dass ich jetzt mit einem Mann wie dir zusammen bin – Apropos, sind wir eigentlich wirklich zusammen? Entschuldige bitte, ich weiß nicht mehr was ich sage."

„Wenn du Zweifel hast, kannst du es nachher gleich mal ausprobieren, aber nur wenn dir wirklich danach ist."

„Hast du Hunger, - also ich meine - hast du schon was gegessen, heute Abend? In deiner Tasche sind ja tolle kleine Ferkeleien drin, die machen richtig Appetit."

„Ja, ich habe Mutters Kühlschrank geplündert und Papa hat noch was draufgetan. Damit es uns wenigstens kulinarisch an nichts fehlt. Sie wünschen uns viel Glück und hoffen das bald alles vorbei ist."

„Damit kann man ja eine ganze Fußballmannschaft satt bekommen. Übrigens, ich brauch unbedingt ein paar Sachen, kannst du sie mir morgen besorgen."

„Schreib alles auf, meine Mutter soll das machen und ich bringe sie morgen Abend in einem wasserdichten Beutel im Kajak mit."

Sie machten sich über die Leckereien her, schauten sich die Spätnachrichten an, dann saßen sie auf der Bank am Bootssteg und schauten auf das schlafende Berlin. Aber die richtige Stimmung wollte nicht aufkommen, die schlimmen Ereignisse hatten in ihrer Beziehung gewühlt und taten es unvermindert weiter.

„Ich hätte noch Lust schwimmen zu gehen, das mache ich immer so vor dem Schlafengehen, dass entspannt ungemein, kommst du mit?"

„Ja gern, aber ich habe keinen Badeanzug mitgebracht, da siehst du mal, an was man alles denken muss, wenn man auf der Flucht ist."

„Hör mal, ich schwimme hier immer nackt, unser Steg ist von den Häusern nicht einsehbar und im Wasser sieht man es nicht, wenn ich keine Badehose an hab."

Ohne weiteren Kommentar zogen sie sich aus und kletterten über die Leiter am Steg ins Wasser.

„Wenn du hier ins Wasser gehst, schwimm bitte nicht zu weit raus, es kommen immer wieder so verrückte Motorboot-Fahrer vorbei, die gern einen Schwimmer übersehen, weil sie mit ihren leicht bekleideten Gallionsfiguren auf dem Vordeck flirten. Aber nachts ist hier Ruhe, ansonsten hört man sie nur von Weitem."

„Es wird langsam kalt, lass uns zurückschwimmen."

Am Steg kuschelte sich Cornelia in das bereitgehaltene Handtuch und lehnte sich wohlig an ihn, ja dachte sie, mit so einem Mann könnte ich glücklich werden. Ein Rest Wein stand noch auf dem Tisch. Mit ihrem oben über der Brust verschlungenen Handtuch, setzte sich Cornelia und prostete Peter zu. Der gab ihr Bescheid, dann nahm er sie an der Hand und zog sie in das Nebengemach und in das Schlafzimmer mit der Dusche und dem WC.

„Schau mal hier, oben im Schrank findest du Zahnputzzeug und die wichtigsten Toilettenartikel, die Frauen benötigen. Ich glaube, von meiner Mutter müsste auch noch Wäsche usw. im Schrank sein, schau einfach mal nach."

Während sie den Schrank inspizierte, putze er sich die Zähne und als sie dann endlich kam, war er schon halb eingeschlafen.

„Reicht es noch für einen gute Nacht Kuss, mir ist etwas kalt, darf ich mich ankuscheln?"

„Weißt du, die Leute meinen immer, das wichtigste in einer Beziehung ist der Sex, oft lernen sie sich nur über diese Seite der Liebe kennen und wenn sie dann den ganzen Menschen in seiner Alltagstauglichkeit entdecken, ist es meistens schon wieder vorbei. Ich habe es ein paarmal auch so gemacht, weil ich neugierig auf die Frauen war, oder weil sie mich anmachten, wollte ich nicht als Schwächling dastehen. Man wird oft in eine Rolle gedrängt, die man gar nicht mag."

Das Wichtigste in einer Beziehung ist Geduld,
warten bis die Gefühle reifen,
um die Früchte der Liebe ernten zu können.

Rei©Men

„Immer mit der Ruhe, ich sagte Kuscheln, übrigens, ich nehme keine Pille, wozu auch, wenn ich keine sexuelle Beziehung habe und meine Notfallhandtasche habe ich auch nicht dabei." Sie legte ihren Kopf in seine Armbeuge und fühlte sich unendlich beschützt, das Vertrauen in den ihr immer noch sehr fremden Mann wuchs schlagartig, sie war nicht mehr allein auf der Welt. Ein paar Minuten später waren sie nach den eher seelischen Strapazen dieses Tages eingeschlafen.

Als sie erwachten, lagen sie immer noch eng umschlungen. Er hatte sich etwas gedreht, lag nun auf der Seite, ihr zugewandt und hatte die Decke etwas zurückgeschlagen. Mit Genuss betrachtete er ihren wohlgeformten Oberkörper, wie man ihn von den antiken Bildern der griechischen Göttinnen her kennt. Als ob sie gespürt hätte, dass sie beobachtet wurde, öffnete sie die Augen. Riss nun ihrerseits die Decke von beiden herunter und meinte:
„Dann will ich auch mal ein bisschen mehr von dir sehen."
Ein spitzbübisches Lächeln glitt über sein Gesicht, als er sagte:
„Komm, wir gehen Schwimmen, dann siehst du noch mehr von mir." Am frühen Morgen lag über dem Havel-See ein leichter Nebelschleier, die Sonne zupfte am Rand einer grauen Wolke herum und versuchte sie anscheinend wegzulächeln, was ihr aber nicht gelang, weil der Westwind ihr immer wieder neue schmutzige Himmelsgebirge entgegenschickte, die sich hoch auftürmten und ihr die Sicht auf das Wasser versperrten.

Die Natur erwachte, ein eiliges Schwanenpaar gründelte im flachen Wasser, Silberreiher äugten misstrauisch und flogen vorsichtshalber zu einem anderen Standort, als wollten sie sagen, man kann ja nie wissen, was diese Menschen vorhaben. Blesshühner tauchten wieder ab, nachdem sie tief Luft geholt hatten. Haubentaucher waren mit ihrem Frühstück beschäf-

tigt, aus dem Röhricht am Ufer hallte erwachendes Vogelge-
zwitscher herüber und der leichte Wind verbreitete die basti-
gen Flugsamen der Rohrkolben auf der Wasseroberfläche. Ein
„früher Jünger Petri", vervollständigte im Morgendunst mit
seinem kleinen Angler-Boot im Hintergrund, das malerische
Natur-Ensemble.

Maiandacht

Der Wonnemonat hat sich viel Schönes ausgedacht,
Grün erschlägt uns in Auen und Fluren über Nacht,
wohin sich staunendes Auge auch bewundernd wendet,
der Frühlingmaler hat das triste Wintergrau beendet.

Bienen summen, Sonnenflirren, Grillen zirpen,
Bächlein plätschern lustvoll durch den Wiesenrain,
Lerchen hoch in den Lüften miteinander flirten,
warte schon bald, wird bei ihnen Hochzeit sein.

Wiesen und Äcker atmen betörenden Maienduft,
Hochgefühle laden uns zum Verweilen ein,
Frühlingsluft, Lebenserwachen, neue Liebeslust,
verzaubern, Mensch wie musst du glücklich sein.

Rei©Men

Gerade waren sie im Wasser, weit und breit tiefe, selige Ruhe,
die nur von ihren leichten Schwimmstößen erregt wurde. Als
sie 150 Meter vom Ufer entfernt waren, störte ein monotones
Brummen die Idylle, sicher ein entferntes Motorschiff, das Berlin zustrebte, dachten sie, - Lebensäußerungen einer Groß-
stadt. Dann, mit einem Donnerschlag, mischte sich plötzlich
hinter ihnen ein neuer Störenfried in das Orchester der Moto-
ren ein. Als sie sich umdrehten, kam ein kleiner schneller Flitzer

mit dröhnendem Motor und hoher Welle auf sie zugerast. Schnell wandten sie sich wieder Richtung Ufer, aber das Boot hielt weiter auf sie zu und versuchte ihnen den Weg zurück abzuschneiden.

„Da stimmt etwas nicht, der meint uns, kannst du tauchen?"

„Ja", antwortete Cornelia.

„Pass auf, wenn er noch 20 Meter von uns weg ist, tauchen wir zusammen ab und schwimmen weiter Richtung Ufer, hinter ihm tauchen wir wieder auf, und kraulen über Wasser im Winkel von 35 Grad weiter zum Ufer. Ich schwimme schräg nach rechts weg, du nach links, ins Schilf hinein, immer, wenn er zurückkommt wieder abtauchen und dann nur kurz den Kopf zum Luft holen hoch und unter Wasser die Richtung zum Ufer ändern, wenn er durch ist, kraulen, aber erst im flachen Wasser ans Ufer laufen. Nerven behalten und viel Glück."

Das Manöver klappte, als das Motorboot zurückkam, waren sie dem Schilfgürtel bis auf 50 Meter nahegekommen. Diesmal kam das Boot von rechts zuerst auf Peter zu, wich aber kurz vor ihm aus und drehte dann Richtung Cornelia ein, aber sie hatte inzwischen schon Boden unter den Füßen und lief ins Röhricht hinein. Das Boot drehte nun ab, weil es ihr ins flache Wasser nicht folgen konnte und verschwand hinter der nächsten Ufer-Biegung.

Als sie ihr Handtuch um die Schultern legte, fragte sie Peter, warum er nicht weitergeschwommen ist.

„Ich wollte ihn ablenken und testen, ob er uns wirklich töten will. Dadurch hattest du mehr Zeit und sein schöner Plan ging daneben."

„Das sehe ich anders, er hat dich verschont, aber mich wollte er umbringen!"

„Ich glaube du hast recht, aber es ist ihm nicht gelungen."

„Du bist ja überhaupt nicht aufgeregt."

„Aber du auch nicht, mir hat das Spielchen nichts ausgemacht, ich bin ein guter Schwimmer, der hätte mich nie gekriegt, aber ich wusste ja nicht, wie gut du bist und ob du die Nerven behältst", erklärte Peter seine Überlegungen.

„Nun muss ich mich schon wieder bei dir bedanken und unser Liebesnest ist nun auch verraten, wir müssen uns etwas anderes einfallen lassen. Sag mal, du warst doch schon mal mit einer anderen Frau hier?"

„Ja, aber die kennt dich nicht und inzwischen ist sie verheiratet und hat ein Kind mit ihrem Mann."

„Aber es muss jemand geben, der dich und deine Gewohnheiten genau kennt, er wusste, dass ihr hier ein Bootshaus habt und wollte mich töten."

„Das ist auch nicht sicher, vielleicht wollte er uns nur weiter einschüchtern oder erschrecken."

"Ruf deinen Sicherheits-Mann an, wir müssen uns eine neue Strategie ausdenken, er soll am besten herkommen, unser Versteck ist sowieso aufgeflogen." Cornelia war total enttäuscht, sehr traurig doch nicht deprimiert, sie hatte sich vorgenommen den Kampf anzunehmen, die Stirn zu zeigen und wenn möglich ihrerseits zurückzuschlagen, wenn sich eine Gelegenheit dazu bieten sollte.

Nach dem Frühstück traf Werner ein und stellte die gleichen Fragen, die sie auch schon diskutiert hatten. Man wurde sich schnell einig, nicht mehr verdeckt zu agieren, sondern eine offene, sichtbare Verteidigungslinie aufzubauen. Dazu sollte gehören, dass Cornelia nach Fort Knox übersiedeln würde, weil sie dort am wenigsten angegriffen werden konnte. Werner wurde zu ihrem offiziellen Bodyguard ernannt und beschützte sie rund um die Uhr. Als Cornelia WhatsApp kontrollierte, war eine neue Nachricht eingegangen, die sie nun, nachdem eine neue Qualität in die Bedrohung gekommen war, nicht mehr erschreckte, sondern aggressiv machte. Ab sofort wollte sie Gewalt gegen ihr Leben aktiv bekämpfen und sich keinesfalls mehr verstecken.

Peter sagte zu ihr: „Zeig mir mal die neue Nachricht" und hielt das Handy dann Werner hin.

„Diesmal hast du noch Glück gehabt", las er. „ich gebe dir noch eine letzte Chance, pack Deine sieben Sachen und verschwinde, am besten gleich nach Australien, Conny!"

„Keine schlechte Idee, wir werden auf ihn hören, inzwischen könnt Ihr weiter ermitteln, denn mit dem Bootsangriff hat er einen Fehler gemacht. Werner kannst du das übernehmen, es muss doch herauszubekommen sein, wo das Boot herkommt. Ich kann mir nicht vorstellen, dass er sein eigenes benutzt, wenn er überhaupt eines hat, also muss er es gemietet oder gestohlen haben", erklärte Cornelia und sah Werner trotzig ins Gesicht, was dieser mit einem breiten Grinsen quittierte.
„So gefallen sie mir schon besser, das ist die richtige Einstellung, nur keine Angst zeigen, dagegenhalten, aber vorher immer erst das Gehirn einschalten. Ich denke das Boot wurde eher gestohlen, aber wir sollten uns im Umfeld von Cornelia umschauen, wer da mit Booten zu tun hat oder mit ihnen umgehen kann."
„Werner" sagte Peter, „ich habe ja alle Segel und Motorbootscheine und was ich da auf dem See gesehen habe, war nicht sehr professionell. Das war eher jemand, der zwar ein Boot fahren kann, aber ich sage dir, wenn ich jemand umbringen will, der 150 Meter vom Ufer entfernt schwimmt, dem hätte ich den Weg zum Ufer abgeschnitten und dann wäre ich über der Stelle gekreist, wo wir abgetaucht waren. Wir hätten keine Chance gehabt, das kann ich ihnen sagen, übrigens wollen wir uns nicht duzen?" fragte er Werner.

„Danke ja, Cornelia und Peter, vergesst nicht, er ist ein Stalker, das bedeutet nicht von vornherein, dass er euch umbringen wollte. Das sind Psychopathen, die machen Psychoterror und quälen meistens ihre Opfer sehr lange, wenn sie es umbringen, ist ja auch für sie der Reiz vorbei. Ich vermute, dass er das Boot gestohlen hat, das muss der Besitzer nicht mal mitbekommen haben. Es gibt viele Leute, die mit dem Putzen und der Betreuung von Booten zu tun haben oder in Werkstätten arbeiten. Es könnte auch sein, dass so jemand eine Probefahrt gemacht hat. Das würde bedeuten, er konnte und wollte euch nicht umbringen, dann wäre er aufgeflogen. Ich werde mich aber in dieser Richtung mal umhören.“

Nach diesem erneuten, nachhaltigen Erlebnis, war natürlich die Stimmung zwischen Cornelia und Peter nachhaltig gestört. An ein >so weiter machen< war nicht zu denken, geschweige denn an einen gemeinsamen Urlaub, man musste davon ausgehen, dass der Stalker auch dies herausfinden würde. Peter stellte sich die Frage, wie ihr nächster Schachzug ausfallen musste. Nach langer Überlegung kam er zu der Überzeugung, einfach das zu tun, was der Stalker verlangte, aber, es durfte nicht so aussehen, dass er den Eindruck bekam gewonnen zu haben. Soviel stand jedenfalls für ihn fest, der Stalker wollte sie beide mit allen Mitteln auseinanderbringen, er würde erst aufhören, wenn ihm das gelungen war. Daher musste die Strategie scheinbares Nachgeben und Trennung sein. Dann bestand eventuell die Möglichkeit, dass er aus der Deckung kam. Um seinen Triumpf zu genießen, würde er sich eventuell an Cornelia heranmachen, denn sie zu gewinnen, war ja offensichtlich der Grund seiner Bemühungen.

Cornelia hatte sich etwas erholt und kam in den Garten vor dem Haus, wo die Familie Hermann sich beim Nachmittagskaffee eingefunden hatte. Sie Sonne schien, Frösche quakten in den nahen Teichanlagen, ein Schwanenpärchen war eingeflogen und ging der Nahrungssuche nach. Man genoss die Ruhe und freute sich auf den Abend. Die Gespräche drehten sich nur noch darum einen Platz zu finden, wo man sie vorübergehend unterbringen konnte. Peter hatte eine Idee wie man Cornelia aus der >Schusslinie< herausbekommen konnte.

„Cornelia, hast du noch Verwandte oder Freunde, von denen niemand in deinem Umfeld etwas weiß oder sie kennt?"

„Ja, meine Mutter lebt in Iznang am Bodensee, sie würde sich bestimmt freuen, wenn sie mich mal wieder eine Zeitlang bei sich hätte."

„Und dein Vater?"

„Ist vor ein paar Jahren in der Schweiz gestorben, der lebte in Himmelreich am See-Rhein, das ist kurz vor Schaffhausen, aber sie hatten sich schon lange getrennt. Das ist übrigens eine ganz gute Idee, ich könnte noch bei meinen Cousins und Cousinen untertauchen, die wohnen alle in dieser Gegend und die kennt bestimmt niemand."

In diesem Moment hörte man ein leises Brummen, das immer mehr anschwoll, alle schauten hoch, wo Kumulus-Wattebäuschchen-Wolken über den herrlichen, früh-sommerlichen Himmel dahinzogen. Für die meisten Ohren war das Geräusch etwas ungewohnt, man kann es in etwas mit den modernen Rasentrimmern vergleichen, wie sie Gärtner benutzen, um Rabatten freizuschneiden. Dann tauchte über den Bäumen und Hecken ein kleiner Punkt auf, der rasch größer wurde und senkte sich herab, in die Gänseblümchen Idylle. Ein Quadrocopter stieß wie ein Raubvogel, der sich auf sein ahnungsloses Opfer stürzt hinunter. Doch mitten in der Abwärtsbewegung hielt er inne und dann schwebte an einem Fallschirm ein kleines Päckchen herunter, während der Quadrocopter in den Himmel stieg und entschwand.

Werner war der Erste der reagierte:

„Schnell, lauft alle weg, los, los, los, ins Haus", erst schauten alle wie gebannt auf den Fallschirm, Werner schrie nun noch lauter:

„Eine Bombe, runter geht in Deckung."

Endlich hatten es alle kapiert, brachten sich in Sicherheit und schon gab es einen lauten Knall, der an einen Kanonenschlag, wie sie zu Sylvester benutzt werden, erinnerte. Werner gab wieder Entwarnung, alle schauten auf die Reste der „Bombe", es handelte sich tatsächlich um einen Kanonenschlag, das sah man sofort an den aufgeplatzten Schnüren, von denen der Scherzartikel zusammengehalten worden war.

Walter Hermann stand als erster wieder auf und deklamierte in Anlehnung an ein Zitat von Oscar Wilde:

„>Ich erkenne gewöhnlich meine Feinde an ihrem schlechten Geschmack, meine Bekannten wähle ich nach ihrem Verstand aus, aber bei meinen Freunden sehe ich nur auf ihren Charakter <, aber dass ich solche Feinde habe, kann ich mir beim besten Willen nicht vorstellen. Diese geistigen Tiefflieger, die ihre Intelligenz an der Garderobe abgeben, und nicht zu Ende denken was sie friedliebenden Menschen wie uns antun, haben in ihrem Leben noch nie etwas Kreatives geschaffen, was der Menschheit weiterhelfen würde, sie zerstören alles was Anderen heilig ist und nebenbei erwürgen noch das Beste, was in ihnen selber schlummert."

Werner meldete sich nach dieser langen Rede als erster und fing an zu klatschen.

„Sie haben mir aus der Seele gesprochen". Alle fielen in den Beifall ein, dadurch löste sich die Anspannung in Sekunden.

„Keine Sorge, er wird hier nicht noch einmal zuschlagen, ich werde so schnell wie möglich ein Profil vom Stalker erstellen, aber aus seinem Verhalten geht eindeutig hervor, dass er niemand töten will, doch wir können uns nicht zu 100 % darauf verlassen. Der sitzt wie ein hässlicher, von seiner Größe überzeugter Frosch auf einem hohen Baum und versucht wie ein Vogel zu singen, aber jetzt hat er sich zu weit aus dem Fenster gelehnt und muss aufpassen, dass er nicht herunterfällt, denn dass er nicht fliegen kann, weiß er hoffentlich."

Cornelia nahm ihre unterbrochenen Gedankengänge wieder auf:

„Die Semesterferien fangen bald an, ich habe keine Lust mehr, mich vor diesem Westentaschen-Terroristen zu verstecken, ich gehe heute noch nachhause und morgen Vormittag in die Uni. Wenn er auftaucht, trete ich ihm in die Eier und wenn er mich anfasst, steche ich ihm mit zwei Fingern in die Augen."

Peter wollte sie nachhause bringen, doch sie lehnte das ab. Ich fahre für alle sichtbar mit der S-Bahn, damit rechnet er nämlich überhaupt nicht und in öffentlichen Verkehrsmitteln, kann er mich nicht verfolgen, denn ich glaube langsam, dass er mich schon lange kennt und ich ihn auch, er würde sich dann selber verraten. Aber je länger ich darüber nachdenke, ich komme nicht dahinter wer es sein könnte. Wenn ich mich von Peter zurückziehe, wird er sich ja vielleicht an mich heranmachen wollen, sonst hätten seine Aktionen ja überhaupt keinen Sinn gehabt. Werner, dein Spezial Handy nehme ich mit und mein eigenes auch, damit mich meine Freunde erreichen können, aber telefonieren werden wir nur über Werners Handy."

Cornelia bat nun Peter zu einem privaten Abschiedsgespräch nach oben, denn sie hatten ja noch einiges zu regeln.

„Peter, ich werde die zwei Monate zu meiner Mutter gehen, wir können uns in dieser Zeit leider nicht sehen, aber über das abhörsichere Handy werden wir telefonieren, ich melde mich, wenn ich gut angekommen bin, aber erzähle bitte niemanden wo ich bin. In Iznang gibt es einen Kanuclub, ich werde die Zeit nutzen, ein wenig trainieren und wenn wir uns wiedersehen, fahre ich dir davon."

„Cornelia, ich bewundere dich, wie du die Dinge in die Hand nimmst und bin sehr froh, dass du so stark bist, die meisten Frauen die ich kenne, würden in Weinkrämpfen versinken, dass genau ist es ja, was der Stalker will, sei aber trotzdem vorsichtig. Willst du nicht wenigstens heute Nacht noch bei mir bleiben, dann könnten wir unsere Verbindung besiegeln, ich betrachte dich ab heute als meine Braut, vergiss das bitte nicht!"

„Danke Peter, ich werde dir das nie vergessen, was du und deine Familie für mich getan haben und wenn das eben ein versteckter Heiratsantrag war, nehme ich ihn an. Also lass mich gehen, bevor noch mehr passiert."

Doch Peter nahm sie in die Arme, küsste sie fast bewusstlos und ließ sie nicht mehr los. Entkräftet ließen sie sich aufs Bett fallen und lagen eine lange Zeit engumschlungen zusammen, ohne sich zu rühren. Doch dann erwachten ihre Gefühle zu neuem Leben und sie überließen sich dem von der Natur vorbestimmten Lauf.

Die Libelle, Sinnbild der Liebe bis in den Tod

Liebesfreud

Ein Zaubergarten hat sich aufgetan,
Von holden Blütenträumen eingerahmt,
Ein Frauenherz hat sich mir zugewandt,
Wie ich es liebseliger nie geahnt.

Sie gibt mir 'n Küsschen auf die Wange,
Ich erwidere es auf den Mund,
Ach, mein Mädchen sei nicht bange,
Küssen ist nicht ungesund.

Lieblich künd' sich der Morgen wieder,
Nach selig süßer Liebesnacht,
Liebchens Haar fließt um mich nieder,
Hörst du der Nachtigallen Schlag?

Rei©Men

Peter wollte sich zurückhalten, aber diesmal und nachdem sie
jetzt Verlobte waren, übernahm sie die Initiative, zog sich
schnell ihr T-Shirt über den Kopf... und Peter überlies sich ihren Liebkosungen. Beide hatten so lange auf diesen Augenblick gewartet und so brauchte es keine weitere Stimulation,
sie war bereit, wie sie es noch nie in ihrem Leben gewesen war,
griff in ihre Handtasche, die sie schon zur Abreise zurechtgelegt hatte und streifte Peter ein Kondom über. Die Vereinigung
war kurz, heftig und so nachhaltig, wie sie es noch nie erlebt
hatte und Peter, der schon befürchtet hatte, dass er zu früh
kam, sank kraftlos zusammen, als Cornelia mehrmals auf-
stöhnte.
Danach lagen sie noch eine halbe Stunde zusammen, bevor sie
in der Dusche verschwand. Als sie angezogen zurückkam, war
Peter schon eingeschlafen. Sie wollte ihn nicht wecken und
schlich sich leise aus dem Haus. Als Peter am nächsten Morgen

in die Küche kam, fragte er seine Mutter, ob sie Cornelia gesehen hätte.

„Nein, ich dachte sie wäre bei Dir."

„Dann ist sie abgereist, sie hat es tatsächlich gewagt und hat alles auf sich gezogen, damit unsere Familie nicht beschädigt wird, das ist eine Frau nach meinem Geschmack, die hat Charakter, wenn alles vorbei ist werde ich sie heiraten."

„Junge, du glaubst gar nicht wie mich das freut, ich wünsche euch viel Glück und mir und Papa ein paar hübsche Enkelkinder."

Der stand in der Tür und hatte das Gespräch mitbekommen.

„Aber niemanden etwas von euren Plänen verraten, sonst hört dieser Alptraum nie auf, das ist euch doch wohl klar", beschwor er seine Familie.

***

Kapitel 3 Der Bodensee

Cornelia wollte zunächst ihre Mutter anrufen, überlegte es sich aber anders, fuhr in ihre Wohnung, packte ein paar Sachen zusammen und fuhr mit ihrem Sport Coupe an den Bodensee. Im Kanu-Club Iznang erkundigte sie sich, ob sie ein Boot leihen könne und wo man in der Nähe übernachten könnte. Herbert, der Bootswart meinte, sie können auch hier im Verein ein Zimmer mieten, es wäre gerade eins frei geworden. Nachdem sie das Zimmer und das Boot in Augenschein genommen hatte, nahm sie das Angebot dankend an und hoffte, dass man sie hier nicht so leicht finden würde.

Den Bodensee und speziell die Landschaft um den Untersee-Gnadensee und die Insel Reichenau kannte sie aus Ihrer Kindheit, hier war sie aufgewachsen und im Reisegepäck hatte sie das Buch des Literaturnobelpreisträgers Hermann Hesse >Die blaue Ferne <, das stand schon seit Jahren in ihrem Bücherregal und wollte nun endlich gelesen werden, denn wer hatte schon die Gelegenheit Buch und Landschaft, die Hesse so unnachahmlich beschrieben hatte, in dem Umfeld zu studieren, wo er so viele Jahre mit seinem kleinen Ruderboot gelebt hatte. In der heutigen Zeit wäre er vielleicht Kajakfahrer geworden.

Stufen

Wie jede Blüte welkt und jede Jugend
Dem Alter weicht, blüht jede Lebensstufe,
Blüht jede Weisheit auch und jede Tugend
Zu ihrer Zeit und darf nicht ewig dauern.
Es muss das Herz bei jedem Lebensrufe,
Bereit zum Abschied sein und Neubeginne,
Um sich in Tapferkeit und ohne Trauern
In andre, neue Bindungen zu geben.
Und jedem Anfang wohnt ein Zauber inne,
Der uns beschützt und der uns hilft, zu leben.

Wir sollen heiter Raum um Raum durchschreiten,
An keinem wie an einer Heimat hängen,
Der Weltgeist will nicht fesseln uns und engen,
Er will uns Stuf' um Stufe heben, weiten.
Kaum sind wir heimisch einem Lebenskreise
Und traulich eingewohnt, so droht Erschlaffen,
Nur wer bereit zu Aufbruch ist und Reise,
Mag lähmender Gewöhnung sich entraffen.

Es wird vielleicht auch noch die Todesstunde
Uns neuen Räumen jung entgegensenden,
Des Lebens Ruf an uns wird niemals enden...
Wohlan denn, Herz, nimm Abschied und gesunde!

Hermann Hesse

Die Gedichte. © Suhrkamp Verlag Frankfurt am Main 2002. Alle Rechte bei
Suhrkamp Verlag Berlin und für dieses Buch freigegeben.

Wenn dich Sorgen und Ängste erdrücken,
vertraue sie einem guten alten Stein an,
werfe ihn in ein stilles, tiefes Wasser
und hoffe, dass sie mit ihm versinken.

Rei©Men

In Berlin lebte Cornelia erst seit drei Jahren, dort wollte sie
auch nach ihrem Studium bleiben, denn sie hatte ja vor das

Erbe ihres Großvaters zu verwalten und zu heiraten, doch zunächst mussten ein paar andere Dinge bewältigt werden. Seit sie zum letzten Mal hier war, hatte sich einiges verändert, das merkte sie an den vielen Radfahrern, welche die Ufer des Bodensees bevölkerten. Ein Auto benötigte man hier kaum, vieles konnte man zu Fuß erledigen, auch auf dem Wasser kam man oft schneller über den See, als außen herum. Als erstes probierte sie mal einen modernen Kajak aus, die inzwischen aus Kevelaer oder Carbon gefertigt wurden und merkte schnell, dass für eine Frau das Gewicht eines Bootes wichtiger war als alles andere, denn oft musste man das Boote auf dem Dachträger transportieren, wenn man in ein einem anderen Seegebiet paddeln wollte. Für Fahrradtouren sollte man eine Anhänge Kupplung am Fahrzeug haben, auf der man einen Fahrradträger montieren konnte. Damit waren die technischen Probleme erschlagen, was fehlte war für sie eine fahrbare Übernachtungs-Möglichkeit, damit konnte man schnell den Standort wechseln. Renate besaß einen VW-Bus, war aber immer auf eine Waschgelegenheit angewiesen, die sich bei Freunden bot, da konnte man gelegentlich duschen oder einen Campingplatz ansteuern. Sie erinnerte sich, dass sie auf der Herfahrt an einer Wohnmobilfirma vorbeigefahren war, der stattete sie jetzt einen Besuch ab. Sie suchte ein kleines Fahrzeug, das noch in eine Parklücke passte, Stehhöhe hatte und mit einer Dusche/WC Kombination ausgestattet war. Der Chef der Firma hörte sich ihre Wünsche an und zeigte ihr ein paar Campingbusse, die er in Zahlung genommen hatte. Aber die waren alle nur mit einer gelben Umweltplakette ausgestattet.

„Wie lange benötigen Sie, um einen neuen Wagen mit dieser oder einer ähnlichen Ausstattung zu besorgen?"

„Gut, ich telefoniere mal herum, wie kann ich sie erreichen?"

Sie sagte ihm, wo sie zurzeit wohnte, natürlich kannte er den Verein und auch den Platzwart, dann gab sie ihm noch ihre Handynummer.

„Eine Frage habe ich noch, nehmen sie auch meinen PKW in Zahlung."

„Nein, aber wir haben eine Kooperation mit meinem Bruder, ich gebe ihnen die Adresse, da fahren sie hin, ich rufe ihn gleich an, dann kann er ihren Wagen einpreisen."

Sie hatte ihr Traummobil schon fast vergessen, da rief der Händler an und frage, wo er die Fotos des Wagens hinschicken könne.

„Ich komme gleich mal vorbei, dann sehen wir sie uns zusammen an, sie können mir dann noch die Einzelheiten erklären."

Anhand des älteren Modells auf dem Hof und der Bilder wurde klar, dass das neue Modell alle ihre Wünsche erfüllte. „Es fehlt nur eine Fernseh-Rundfunk-Einheit," reklamierte Cornelia.

„Die können wir ihnen einbauen, mein Bruder will ihnen für ihren Wagen 9500,00 € bezahlen. Der Listenpreis des Campingbusses liegt bei 65.000,00 €. Ich würde Ihnen für diesen Preis noch die Fernseh-Rundfunkeinheit draufgeben."

„Ziemlich viel Geld, wann wäre der Wagen fertig?"

„Wir müssen ihn erst noch hierherbringen lassen, macht drei Tage plus Einbauten und Zulassung, heute ist Freitag, sagen wir nächsten Samstag, wenn er schneller fertig ist, rufe ich sie an."

Cornelia sagte: „Wenn sie mir noch einen Fahrradträger auf die Anhänger-Kupplung draufsetzen, bin ich einverstanden."

„Also gut, aber da ist noch was, sie müssten ihren Wagen gleich zu meinem Bruder bringen, er hat einen Interessenten für den Wagen."

„Kein Problem, ich fahre gleich rüber."

Als der Händler den Wagen übernommen hatte, fragte sie ihn, wie sie nun nachhause kommen solle.

„Was halten sie von einem Fahrrad? Mein Bruder sagte mir gerade, dass sie ihm noch einen Fahrradträger abgeknöpft haben und meinte, ich solle ihnen dafür ein Fahrrad verkaufen... war nur Spaß, - wir haben schöne Rennmaschinen da, Mountainbikes und Tourenräder, aber ich glaube, sie sollten sich ein Pedelec, also ein Elektrofahrrad kaufen.“

„Wieso, verkaufen sie auch noch Fahrräder?“

„Wir haben eine große Fahrradabteilung nebenan, damit hat mein Vater seinerzeit angefangen, kommen sie, ich führe sie hin. Das ist Frau Berger“, stellte er sie seinem Angestellten vor, „wenn sie hier fertig sind, kommen sie wegen des Schecks für das Auto wieder zu mir rüber.“

Doch daraus wurde nichts, Cornelia wollte so ein neumodisches Gerät erst mal ausprobieren. Der Angestellte hatte ihr mehrere Modelle von verschiedenen Herstellern vorgestellt, sie konnte sich aber nicht entscheiden, deshalb verblieben sie so, dass er ihr einen Flyer der Schweizer Firma Biketec mit einer stufenlosen Nuvinci Übersetzungs-Nabe zur Probefahrt mitgab, dieses Rad hatte ihr am besten gefallen.

Sie saß ja nicht das erste Mal auf einem Fahrrad, aber was sie jetzt erlebte, war sensationell. Man flog förmlich mit Schiebewind durch die Landschaft, da kam Begeisterung auf,
nur Drachenfliegen ist schöner, dachte sie und nahm sich vor, auch ihren Peter davon zu überzeugen. Als er sie abends anrief, erzählte sie ihm die Neuigkeiten und fragte ihn, ob er ein Fahrrad hätte:

„Ja klar - habe ich, aber ich kann problemlos und ohne Motor selber noch treten.“

„Sicher, kann ich auch, aber es ist nicht überall so flach wie in der Mark Brandenburg und treten muss man trotzdem, ich hoffe du besuchst mich hier mal, aber das hat noch Zeit!“

***

Kapitel 4 Psychopathen

Nach dem vielen Ärger mit dem Stalker, war Peter froh, den Zeitverzug in der Firma wieder aufarbeiten zu können. Er hängte sich ordentlich rein und war bald auf dem Laufenden und vergaß langsam seine Sorgen um die Zukunft. Jeden Abend telefonierten sie miteinander, Cornelia hatte inzwischen ihren neuen Campingbus abgeholt, das E-Bike behalten und noch ein weiteres bestellt. Sie erzählte ihm von herrlichen Fahrradausflügen in die nähere Umgebung, von dem Menschenschlag der hier lebte, nicht vergleichbar mit dem lauten, hektischen Berliner Alltag, hier war man im Urlaub, wenn man seine Tagesarbeit verrichtet hatte, denn die meisten waren im Gartenbau, in der Felderwirtschaft, in den wunderschönen Weinbergen und Hopfenplantagen oder im Tourismusgeschäft tätig. Auch der Schiffsbau und die vielen rund um den See verteilten Hafenanlagen mit ihren Werften und Reparaturwerkstätten, beschäftigten viele Menschen.

Werner hatte inzwischen herausgefunden, dass der Stalker keinerlei Spuren hinterlassen hatte, es gab keine Fingerabdrücke auch keine DNA, die nicht zu ihrem Umfeld gehörten. Die Suche nach einem Motorboot war auch ergebnislos verlaufen. Die einzige Information war, dass es keine gab, außer, dass der Täter sich wohl in Cornelia verliebt hatte und sie unbedingt mit Peter auseinanderbringen wollte. Es gab noch ein paar Hinweise, dass der Täter über technische Fähigkeiten verfügte, die aber bei vielen Männern vorhanden waren. Recherchen unter den Mitgliedern der Clique zeigten, dass es nur drei weitere Männer gab, die aber alle in festen Händen waren und somit nicht in Frage kamen. Auch bei den Studenten im Umfeld von Cornelia fanden sich keinerlei Anhaltspunkte, die einen Anfangsverdacht begründet hätten. Eines wurde jedoch immer klarer, der Täter war überdurchschnittlich intelligent und besorgte sich seine Informationen vermutlich mit technischen Hilfsmitteln, wie Wanzen, Richtmikrophone und Ferngläser. Seit Cornelia sich offensichtlich von Peter getrennt hatte, führte er augenscheinlich keine weiteren Aktionen durch. Cornelia wurde offenbar dafür belohnt, das sie sich seinen Wünschen fügte. Insofern hatten sie mit diesem Trennungs-Versuch, wenigstens einen kleinen Mosaikstein in seinem Verhalten herausgefunden. Es war aber auch klargeworden, dass er sofort weitermachen würde, wenn Cornelia sich wieder mit Peter treffen sollte, ja, man musste damit rechnen, dass seine Aktionen an Schärfe zunehmen würden. Allerdings blieben Sinn und Zweck seines Verhaltens zweifelhaft, ob er nun, nachdem er Cornelia vertrieben hatte, die Möglichkeit sah, sich endlich dem Objekt seiner Begierde zu nähern. Tat er es sofort, würde er sich zu erkennen geben, also musste er logischer Weise Monate vergehen lassen, um sich dann mehr oder weniger unauffällig an Cornelia heranzumachen. Es konnte natürlich auch sein, dass es sich um einen Psychopathen handelte, der egozentrisch nur darauf bedacht war, sich am Unglück der Beiden zu ergötzen, wenn er schon selber nicht als Liebhaber in Frage kam. Der nächste Schritt sollte eigentlich sein, ihn in einem für ihn ungewohnten Lebensumfeld herauszufordern, denn in der Nähe von Cornelia, wo sie sich jetzt bewegte, war er ein Fremder, der nicht in ihr natürliches Umfeld hineinpasste und daher leicht zu erkennen sein würde. Die letzte Überlegung betraf den zeitlichen und finanziellen Rahmen des Stalkers. Es musste jemand sein, der es sich leisten konnte Zeit und Geld in so dumme und ziemlich aussichtslose Aktionen zu investieren.

***

Kapitel 5 Die Verlobten

Cornelia hatte inzwischen mehrmals das Kajak gewechselt, weil sie sich mit dieser Sportart besser vertraut machen wollte und zog in Erwägung sich ein eigenes zu kaufen. Sie war sich aber über die richtige Wahl noch nicht ganz schlüssig. Abends saßen sie oft mit den Vereinsmitgliedern zusammen und als sie dann erzählte, dass sie hier geboren worden war, entstand bald ein freundschaftliches Verhältnis, weil viele auch ihre Mutter kannten. Bootswart Herbert sah, dass sie oft mit verschiedenen Booten unterwegs war und fragte sie eines Abends, ob sie sich nicht ein eigenes Boot kaufen wolle, weil das ständige Mieten für Nicht-Vereinsmitglieder doch sehr teuer sei, da würde sich eine Vereins-Mitgliedschaft schon in ein paar Wochen amortisieren.

„Ja, eigentlich hast du recht, aber ich weiß nicht für welches Boot ich mich entscheiden soll?"

„Weißt du", sagte er, „es gibt nicht >Ein Boot <, es kommt darauf an, welche Gewässer du fahren willst. Für Glattwasser, wie den Bodensee oder die Berliner Gewässer solltest du als Frau ein leichtes Carbon-Boot kaufen, so um die 15 Kilogramm. Wenn du später mal natürliche, wilde Flussläufe befahren möchtest, dazu gehören die meisten Europäischen Nebenflüsse der großen Ströme, brauchst du ein Kunststoffboot, vielleicht einen Prijon, die sind robust und vertragen ein paar Schrammen, wiegen aber 10 Kg mehr. Am besten fängst du mit einem leichten Carbon-Boot an und rüstest später nach."

Du meinst also, ich sollte mir den >Neumann < kaufen den ich gerade fahre, der ist doch recht kippelig."

„Aber leicht und schnell und an das Kippeln gewöhnst du dich bald, du wirst sehen. Ja, und wenn du dann mal soweit bist, die Ardeche in Südfrankreich zu bezwingen, dann brauchst du ein

Kurz-Boot, so 2,0 – 2,5 m lang, die sind sehr wendig. Wir bekommen für Vereinsmitglieder einen Rabatt und wenn du willst, erledige ich das für dich."

„Was kostet das alles zusammen mit Paddel und Zubehör?"

„3700 mit Lukendeckel, Spritzdeck und Carbon Paddel - abzüglich 10% macht 3330,00 €."

„Gut, mach das, wann wird es hier sein?" fragte Cornelia.

„Ca. eine Woche."

„Frag nochmal nach, was zwei Boote kosten, ich habe da noch was gutzumachen und dann hat mein Freund auch was davon. Wenn es noch einen kleinen Nachlass gibt, bestelle gleich zwei Boote?"

„Ja ist dein Freund auch Kanute?", fragte Herbert.

„Ja, aber wir sind nicht im DKV organisiert, ach ja, ich habe noch was vergessen, mir fehlen noch Bootsträger auf meinem Campingbus, bestelle die gleich noch mit und dann sagt du mir, was ich für euren Verein tun kann, so eine kleine Spende wäre schon noch drin."

„Na du siehst ja, wir haben erst vor Kurzem umgebaut, da fehlt es überall, letzte Woche ist ein Kühlschrank für die Getränke kaputtgegangen", sagte Herbert.

„Bestell einen neuen und gib mir die Rechnung, ja und dann brauche ich noch eine Spendenquittung fürs Finanzamt."

Es war nun an der Zeit mit ihrer Mutter Kontakt aufzunehmen. Als sie mit dem neuen, großen Campingbus den Hof zufuhr, sodass sich die Fensterscheiben im Wohnzimmer ihrer Mutter verdunkelten, kam die herausgesprungen und fing gleich an zu schimpfen, denn es kam des Öfteren vor, dass rücksichtlose Touristen, ohne zu fragen die Peripherie zuparkten.

„Was schimpfst du denn, kennst du deine Tochter nicht mehr?"

Erst ging noch ein ungläubiger Blick über das Fahrzeug und die kleine Person, die eben ausstieg, dann ein Blinzeln und Erkennen, - sie war es wirklich, ihr einziges Kind.

„Wo kommst du denn her, hast du mich erschreckt, du hättest ja mal anrufen können", dann ein Lächeln, „komm rein, ich wollte im Garten gerade einen Kaffee trinken, aber Kuchen habe ich nicht gebacken."

„Hab ich doch mitgebracht, Mama!"

Jetzt erst gingen sie aufeinander zu und umarmten sich vorsichtig, man merkte ihnen an, dass sie sich durch ihre lange Abwesenheit etwas entfremdet hatten. Sie hatten zwar immer telefonischen Kontakt gehabt, aber das ersetzt keinen Besuch und keine gemeinsamen Erlebnisse. Verlorene Zeit kann man nicht zurückholen, es ist wie mit dem Geld, man kann es nur einmal ausgeben, dann ist es weg, genauso wie die Zeit. Hinzu kam, dass Cornelia auf die vielen Fragen ihrer Mutter, warum sie so plötzlich auftauchte keine ehrlichen Antworten geben konnte, was das Klima weiter verschlechterte. Maria war eine kluge Frau, konnte sich aber keinen Reim auf das so veränderte Verhalten ihrer Tochter machen, doch sie war geduldig und dachte: Ich werde die Antworten auf meine Fragen wie: >Warum wohnst du denn nicht bei mir oder wozu hast du dir so einen großen Wagen gekauft, der ist in Berlin doch nur unpraktisch? < schon noch bekommen.

Vier lange Wochen waren vergangen, Mutter Berger gab eine Wiedersehens-Party und alte Schulfreunde, Bekannte und Verwandte waren eingeladen worden und es wurde eine Riesenfete, nur Peter fehlte. Immer, wenn sie manchmal stundenlang telefonierten, wurde die Sehnsucht der frisch Verliebten und Verlobten unerträglich, es konnte und durfte so nicht weitergehen. Cornelia schlug vor, dass sie sich in Lindau treffen sollten, mit ihrem kleinen Wohnmobil wollten sie untertauchen, einfach in das riesengroße Bodenseegebiet mit seinem bergigen Umfeld eintauchen und verschwinden. Peter ließ sich mit einem Geschäftswagen durch die habe Stadt fahren, stieg mehrfach in S- und U-Bahnen um, bevor er abends auf dem

Hauptbahnhof in den Schlafwagen nach Lindau einstieg, der am nächsten Morgen auf der Insel ankam. Cornelia stand schon auf dem Bahnsteig und nahm ihn mit beiden Armen und vielen Küssen in Empfang.

„Wo steht denn dein Campingbus? Ich bin schon sehr neugierig."

„In Konstanzer Kanuclub, ich bin mit einer Segelyacht gekommen, da können wir unsere Spur weiter vernebeln, ich habe sie für eine ganze Woche gechartert, ich dachte mir, auf dem Wasser kann uns niemand so leicht verfolgen, wie auf dem Land."

„Also kannst du Wahnsinnsweib auch noch segeln? Was kannst du eigentlich nicht."

„Geld drucken, - den Segler-Binnenschein und das Bodenseepatent habe ich schon gemacht, als ich noch bei meiner Mutter lebte."

Inzwischen waren sie den kurzen Weg bis in den Stadthafen gegangen, wo Cornelia gestern schon mit der Segelyacht eingelaufen war.

Segelfieber

Segelfieber, es packt mich wieder,
ewige Sehnsucht nach Einsamkeit,
Kameraden und Seemannslieder,
Seemannschaft und vergessen der Zeit.

Refrain:

Seeleut, Kameraden - singt euer Lied,
auf zu fernen Gestaden - was auch geschieht.
Schön sind die Fahrten - so soll es sein,
stimmt an ein Lied - wir sind nicht allein.

Du verlierst dich aus deiner engen Welt,
rund um den Kompass, durch die Gezeiten,
in die hehren, erhabenen Weiten,
hoch hinauf bis in das Himmelszelt.

Erfahrung in einer anderen Welt,
hier zählt nur der Mensch, nicht das Geld,
hier musst du bereit sein jederzeit,
weil das Meer keine Fehler verzeiht.

Wenn es dann heißt, Land in Sicht,
des Seemanns Gang wird zögerlich,
eine vertraute Heimat lässt er zurück,
für lange Zeit endet sein Seglerglück.

Rei©Men

„Das Frühstück habe ich schon gerichtet, der Kaffee dauert noch eine viertel Stunde." Nach dem Frühstück machten sie die Leinen los und legten ab. Peter war schon lange nicht mehr gesegelt und musste sich auch erst etwas mit dem Schiff vertraut machen, so überließ er Cornelia das Segelsetzen und übernahm das Ruder.

„Wo möchtest du denn überhaupt hin", fragte er sie.

„Ich habe für heute Abend Theaterkarten für die Seebühne in Bregenz bestellt, in unmittelbare Nähe gibt es mehrere kleine Häfen, aber ich dachte, falls uns der Stalker doch gefolgt ist, segeln wir erst mal aus der Sichtweite des Hafens heraus Richtung Westen."

„Was wird denn gegeben?" wollte Peter wissen.

„Turandot von Giacomo Puccini, das ist das Ding mit dem Prinzen und den drei Rätseln. Hoffentlich magst du Oper."

„Schon, aber ich habe da so meine Lieblingsstücke."

„Und welche?

„Zum Beispiel: Mozart, Offenbach, Verdi, Puccini, Tschaikowskis Ballette, mit Wagner kannst du mich jagen, zu langatmig und geschwollen, ich sehe mir auch gerne mal eine Operette an."

„Ich liebe dich wegen unserer Gemeinsamkeiten", wir müssen noch genauer feststellen, was wir noch so alles zusammen unternehmen können, ich gehe im Winter gern Skifahren. Mein Vater spielte Violine und auch sehr gut Schach, meine Mutter war am Theater in Konstanz eine gefragte Schauspielerin, hörte dann aber auf, als ich unterwegs war. Dort lernte sie auch meinen Vater, der im Orchester spielte kennen", sagte Cornelia.

„Ja, bei meinem Großvater drehte sich alles um den Kaiser, Bismarck und das Deutsche Reich, er fiel in Ungnade, weil er gegen den Ersten Weltkrieg rebellierte, konnte sich aber nicht durchsetzen. Seine Mutter war Schweizerin und so konnte er sich dort nach dem Stammes-Zugehörigkeits-Prinzip einbürgern lassen, was der Familie fast ihr ganzes Vermögen rettete."

„Wenn ich all das zusammenzähle, haben wir eine ähnliche Familiengeschichte und wir könnten auch gut in der Schweiz leben, ich habe gehört, dass die Behörden dort mit Stalkern nicht so freundlich umgehen, wie hier bei uns", sagte Cornelia und legte nach:

„Willst du mich immer noch heiraten, was findest du eigentlich an mir?"

„Du dummes kleines Mädchen, bis jetzt alles, auch dein kleines neugieriges Näschen, aber Ehe ist nicht nur Sonnenschein, Milch und Honigschlecken, sondern harte Arbeit, sie muss jeden Tag erneuert und gefestigt werden."

„Wo hast du denn das gelesen? du bist ja ein richtig kluger Mann."

„Ich mag Lyrik und Poesie, irgendwann werde ich mal ein Buch schreiben, das habe ich mir vorgenommen, doch bis jetzt hatte ich dafür noch keine Muße, ich glaube auch, mir fehlt noch die innere Reife und Erfahrung, das braucht Zeit und muss wachsen, genauso wie kleine Kinder, die größer werden, lernen und erst zu wertvollen Mitgliedern der Gesellschaft werden müssen, bevor man sie ins Leben entlässt."

„Na dann: Klar zur Wende." „Ist klar." „Re."

Zunächst hielten sie sich Richtung Horn, im Kanton Thurgau, aßen dort im Restaurant Traube zu Mittag und segelten dann Richtung Osten zurück nach Bregenz. Es wurde ein erlesenes Erlebnis für beide, die Seebühne und ihre natürliche Umgebung, eingebettet zwischen Wasser und Land, unvergleichlich mit allen Bühnen dieser Welt. Opernfreunde, die noch nicht dort waren, sollten es unbedingt in ihre Theaterplanungen einbeziehen.

Am nächsten Tag ging es weiter nach Romanshorn, in den parkähnlichen Hafen am Seepark, der mit seinen Hotellerie Betrieben auch einiges an kulinarischen Genüssen zu bieten hatte, besonders hervor zu heben, ist das Restaurant Schiff, welches einmalig gute Fischgerichte anbietet.

Um die weltberühmte Viamala-Schlucht zu besuchen, nahmen sie sich einem Leihwagen und erlebten dieses außergewöhnliche Naturdenkmal hautnah. In Jahrhunderttausenden vom Gletschereis und vom Wasser des Hinterrheins in den Felsen eingeschliffen, sind in der Viamala-Schlucht heute noch lebendige Spuren einer faszinierenden Geschichte zu entdecken, die dem flüchtigen Auge des vorbeieilenden Beschauers entgehen, die sich aber dem studierenden, hinterfragenden Betrachter offenbaren, wenn er sich länger in diesen Schluchten aufhält. Viamala heißt auf räteromanisch >schlechter Weg < den man schon in der Römerzeit entlang des Hinterrheins bei einer Alpenüberquerung gehen musste.

Berühmt geworden ist die Viamala-Schlucht auch durch den Roman von John Knittel und zahlreiche Verfilmungen mit namhaften Schauspielern wie Carl Wery, Gerd Fröbe und zuletzt Mario Adorf, die in dramatischen Handlungen die traumhaft schöne Landschaft mystisch verklären.

Abendruhe

Wenn ich eine Arbeit tu,
denk ich schon mal ab und zu,
an die verdiente Abend-Ruh.
Wenn die Arbeit fertig ist,
mich gern einmal die Muse küsst,
reim dann ein Poem und bin Sophist.

Rei©Men

Lebensquell

Aus dem Wasser kommt das Leben!
Dunst stieg hinauf zu Himmelshöhen,
Wetter und Wind die Wolken bewegen,
reinigen Land und Luft mit dem Regen.

Vor grauer Zeit begann sein Werden,
im tiefen, kühlen Grund der Erden.
Aus rauer Kluft da springet silberhell,
hervor, ein lieblich zarter Bergesquell.

Labt und tränket manches Lebewesen,
Rinnsal um Rinnsal zum Bache streben,
viele Flüsschen zum Fluss werden,
Ströme fließen den Meeren entgegen.

Pflanzen und Tiere den Lebensquell hegen,
doch wir Menschen erkennen nicht den Segen,
den Mutter Natur mit dem Wasser gegeben.
sonst würden wir es wie ein Heiligtum pflegen.

Rei©Men

Weiter ging' s nach Konstanz, die geschichtsträchtige Konzil Stadt (1414 – 18), die den Zweipäpste-Zustand beenden sollte, stattdessen einen Dreipäpste Zustand hervorbrachte. Das Konzil sollte die dringend notwendigen Reformen in der römisch-katholischen Kirche anstoßen, doch in dem zweijährigen Ringen, in der Lust und Völlerei der Kardinäle, Bischöfe und ihres Anhangs verkam, welche die ganze Stadt zum Bordell machten. An das Konzil erinnert in Konstanz heute eine kleine Plakette auf der südlichen Marktstätte und das eigens für das Konzil gebaute Konzilhaus. 1993 wurde vor dem Konzilhaus im Hafen die Imperia aufgestellt, die Figur einer üppigen Kurtisane, die an die weltlichen Bedürfnisse der geistlichen Fürsten erinnert. Doch des Unglaubens und Ungeistes nicht genug, wurde Jan Hus, dem man vorher freies Geleit zugesichert hatte, als Ketzer auf dem Scheiterhaufen verbrannt. Reisender, kommst du nach Konstanz, besuche das Jan-Hus-Museum und knie nieder, in Ehrfurcht vor diesem großen Menschen. Hieronymus von Prag studierte an den Universitäten Prag und Oxford, er war Lehrer und Magister an vier europäischen Universitäten. Meistens arbeitete und lehrte er auf seinen Reisen durch ganz Europa. Ein den Päpsten unbequemer schöpferischer Geist. Nach seiner Ermordung, organisierten sich im Böhmen die Papstgegner zu den sogenannten Hussiten, die in den folgenden Jahren zu den Hussiten-Glaubenskriegen führten und im Nachhinein noch vielen Menschen den Tod brachten.

In Konstanz, wo Cornelia ihren Bus im Kanu-Club Konstanz zurückgelassen hatte, gaben sie das Schiff an den Vercharterer zurück, denn sie hatten noch eine kleine, aber sehr wichtige Mission zu erfüllen. Cornelia hatte ihrer Mutter versprochen, ihren Peter >zur Begutachtung < vorzuführen.
Peter staunte nicht schlecht, als er die zwei Kajak-Prachtexemplare auf dem Dach des Busses entdeckte und bestand

darauf, nach Iznang zu paddeln. Sie packten alles Nötigste für eine Nacht ein und genossen die schöne Landschaft im Konstanzer Trichter und die Fahrt, die eine Zeitlang dem Rhein folgte, dann aber nach rechts in den Untersee abzweigte.

Frau Berger erwartete sie schon und servierte im Garten einen diesmal selbst gebackenen Kuchen. Als sie einen Moment lang mit ihrer Mutter in der Küche alleine war, weil Peter mit der Unterbringung der Boote in der alten Scheune beschäftigt war, bekundete sie die gleichen Befürchtungen, die Cornelia auch schon bei Kennenlernen von Peter gehabt hatte, als sie damals die gleichen Gedankengänge verfolgte, wie ihre Mutter. Sie erzählte ihr nun genaueres über seinen Unfall, ihr Kennenlernen, seine reiche, exponierte Familie und, dass er das gleiche Problem mit sich herumgetragen hatte, wie sie selbst. Frau Berger fühlte Peter trotzdem auf „den Zahn", schließlich ging es um das Glück ihrer Tochter und da machte sie keine Kompromisse. Sie trug ja einen reichlichen Erfahrungsschatz mit sich, den sie in ihrer eigenen Ehe angesammelt hatte. Cornelias Vater war in seinem Wesen ein herzensguter Mensch gewesen, doch er konnte seine Finger nicht von anderen Frauen lassen. In den ersten Jahren, als die kleine Cornelia der Familie großen Zusammenhalt schenkte, war er Maria treu geblieben, doch durch seine Tätigkeit als Musiker, war er viel auf Reisen und kam mit vielen Menschen zusammen, vor allem auch mit einsamen Frauen, die sich in der Anonymität der Theater- und Konzertwelten, in denen sie sich bewegten, gern auf ein kleines Abenteuer einließen. Maria war ein gebranntes Kind, ihr Vertrauen in den männlichen Teil der Gesellschaft und in die Ehe war nachhaltig gestört. Deshalb lebte sie seither allein. All diese Lebenserfahrungen brachen nun wieder hervor, als sie Peter davon berichtete, konnte er kaum glauben was er hörte. Mehrfach hatte sie Richard seine „Sünden" vergeben, wollte sie ihrer Tochter doch nicht den Vater nehmen. Doch eines Tages kam die endgültige Trennung, er wollte die Scheidung, auch weil er sah wie Maria litt.

„Hast du seither niemals mehr mit einem Mann geschlafen?" fragte er sie direkt, denn er nahm an, dass sie einiges in ihrem Leben aufzuarbeiten hatte, sonst hätte sie ihn nicht in ihre intimsten Gedankenwelten hineingezogen.

„Doch, ich habe seit einiger Zeit einen Bekannten, einen Witwer, doch das ist nicht offiziell, auch Cornelia weiß nichts davon, ich habe mich bisher ein wenig geschämt, die Leute zerreißen sich immer die Mäuler und auch er möchte keine Tratscherei hier im Dorf haben."

„Maria, lade ihn bitte morgen zum Mittagessen ein, wir gehen ins Gasthaus „Seehof", das ist die Gelegenheit, wir zeigen uns als Familie, die Leute können uns mal. Äh... Moment, fast hätte ich vergessen dich um die Hand deiner Tochter zu bitten, aber ich heirate sie auch, wenn du nicht einverstanden bist."

„Peter, ich bin so glücklich, dass Cornelia einen guten Menschen wie dich gefunden hat, ihr passt gut zusammen."

Maria rief gleich Richard an, so hieß ihr „Witwer", als er von den neuen Entwicklungen hörte, war er gleich einverstanden, er hatte auch keine Bedenken mehr wegen der „Leute", im Gegenteil, er wollte endlich einen Knopf draufmachen.

Maria rief vom Telefon zu Peter rüber:

„Verträgt dein Portemonnaie noch ein paar weitere Gäste, Richard will die Gelegenheit nutzen, euch seinen Töchtern und ihren Familien vorzustellen?"

„Na ja, ich werde halt einen Kredit aufnehmen müssen", scherzte er.

Durch die Einladungen an Richards Töchter, sprach sich das Ereignis im ganzen Dorf herum und der „Seehof" hatte an diesem Abend noch viele neugierige Gäste, die maulaffenfeil hielten, damit sie ja nichts verpassten.

Als Cornelia ihren Peter in Lindau wieder in die Bahn gesetzt hatte, fuhr sie mit der Fähre nach Konstanz zurück, dort wollte sie sich in ihren Bus setzen, denn den hatten sie ja beim Paddeln nach Iznang im Kanu Club Konstanz zurückgelassen. Doch sie findet ihn mit 4 Plattfüßen vor und an der Windschutzscheibe klebte ein Zettel:

„Du bist tot und dein Sarg ist schon unterwegs, Conny!"

Als sie dann mit vier neuen Reifen bei ihrer Mutter ankam, war dort von einer Spedition ein großes, schweres, längliches Paket angeliefert worden, die Frachtpapiere wiesen es als >Eichensarg< aus. Ihre Mutter hatte nicht so genau hingeschaut und es angenommen, weil sie dachte, Cornelia hätte noch etwas für Ihre Boots- und Campingausrüstung bestellt.
„Sag mal, ist da wirklich ein Sarg drin?"
„Das werden wir gleich sehen", sagte sie und riss die Verpackung auf. Ihre Mutter fiel fast in Ohnmacht und fragte:
„Ist der für mich?"
„Nein für mich, aber ich habe noch nicht vor zu sterben, ich habe einen tollen Mann kennengelernt, wir sind inzwischen heimlich verlobt, aber da scheint jemand etwas dagegen zu haben."
Und dann erzählte sie ihr die ganze Geschichte von Anfang bis zum jetzigen Stand.
„Aber jetzt ist Schluss, mir reicht es, ich rufe jetzt gleich die Polizei an."
„Mach mal langsam, Särge sind heutzutage teuer und ich werde wohl bald einen benötigen, da kommt es doch ganz gelegen, wenn er frei Haus geliefert wird und der Schaden an deinem Bus ist damit auch gleich bezahlt."
Jetzt lachten sie beide und konnten sich kaum wieder einkriegen, bis Cornelia sagte:

„Gut Mama, ich schenke ihn dir, aber ein paar Jahre musst du dir mit dem Sterben noch Zeit lassen. Ich brauche dich noch, wo soll ich denn meine Kinder in den Schul-Ferien hinschicken."

„Ist es denn schon soweit?" fragte sie.

„Aber Mama, ich will doch erst fertig studieren und dann sehen wir weiter. Peter ist schon im richtigen Alter um Vater zu werden, aber das passt jetzt noch nicht."

„Wartet damit nicht zu lange, so wie wir und dein Vater, ich war schon 35 als du zur Welt kamst, das ist zu spät für das erste Kind." „Ja, Mama, aber die späten Kinder sollen ja besonders schlau sein, dass siehst du ja an mir. Jetzt habe ich erstmal noch diesen Affen an der Backe, der mich ständig verfolgt."

Dann packten sie die Kiste mit dem Sarg in die hinterste Ecke der kleinen Scheune hinter dem Haus und während der ganzen Zeit lachten sie sich eins und hätten gern das Gesicht des Stalkers gesehen, wenn er hätte mitansehen können, wie gut sein >Geschenk< angekommen war, denn langsam wurde die Angelegenheit zur Groteske, über die dermaleinst noch ihre Urenkel lachen würden. Cornelia blieb cool, aber sie dachte doch darüber nach, welcher Zeitpunkt der Richtige wäre die Polizei einzuschalten. Der Stalker musste wohl gemerkt haben, dass Peter aus Berlin und Cornelia aus Iznang verschwunden war und hatte daraus geschlossen, dass sie sich wieder getroffen hatten. Aber er hatte für diesmal nicht herausgefunden, wo sich die Beiden herumgetrieben hatten, aber vermutlich wusste er, dass sie hier ihre Kindheit verbracht hatte. Sie hatte zum Ersten Mal einen kleinen Sieg errungen. Cornelia fotografierte und dokumentierte wieder alle Einzelheiten wie gehabt und nahm sich vor auch weiterhin auf die Attacken nicht zu reagieren, denn es war ja sonnenklar, der Stalker wollte sie mit seinem Psychoterror in Angst und Schrecken versetzen, musste aber mit jeder Aktion die Dosis erhöhen, wenn er eine Wirkung erzielen wollte, stattdessen wurde er ausgelacht.

Eine Viertelstunde später ging eine neue Nachricht ein, er schrieb:

„Ja, lacht nur - morgen werde ich lachen, wenn du statt deiner Mutter in diesem Sarg liegst, Conny!"

***

Kapitel 6 Die Familie

Cornelia rief Werner an und unterrichtete ihn über die neuerlichen Vorkommnisse. „Das habt ihr gut gemacht, der Mann dreht langsam durch, aber jetzt kann es richtig gefährlich werden. Er rückt immer näher an dich heran um an Informationen zu kommen, das gibt uns die Gelegenheit ihm eine Falle zu stellen. Ich lass mir was einfallen und rufe heute noch zurück."

Werner gab ihr noch den Rat sofort mit ihrem Bus loszufahren, die Fähre zu nehmen und alle Personen und Fahrzeuge zu fotografieren die mitfuhren. Nachdem sie noch eine andere Fähre benutzt hatte, fuhr sie nach Berlin zurück. Von unterwegs rief sie Peter an, weil sie noch keinen Zugangscode zum Grundstück der Hermanns hatte, denn dort wollte sie ihren Bus verstecken. Zuvor hatte sie noch ihre beiden Boote aufgeladen und sich von ihrer Mutter verabschiedet. Diesmal wollte sie auf der halben Strecke nach Berlin einmal übernachten. Zu ihrer eignen Sicherheit hatte sie sich Pfefferspray und einen Schlagstock gekauft, wer auch immer versuchen sollte ins Fahrzeug einzudringen, würde ohne Vorwarnung eine böse Überraschung erleben. Um den Stalker zu verwirren, ging sie in Bregenz von der Fähre, fuhr durch den Pfänder-Tunnel bis nach Memmingen und dann über München nach Berlin. Die Übernachtung in einer Wohnsiedlung verlief ereignislos, auch

auf der Fahrt nach Berlin konnte sie keinerlei Verfolger ausmachen. Peter erwartete sie bei sich zuhause, sie versteckten den Bus in einer Remise hinter dem Gärtnerhaus, das unbewohnt war,
weil der Gärtner nur zu den erforderlichen Arbeiten anfuhr. Endlich hatten Cornelia und Peter wieder Zeit, ein paar Tage Zweisamkeit zu genießen, die Abende mit Peters Eltern, ihren zukünftigen Schwieger-Eltern zusammen zu sein, die Nächte allein und ohne Stalker zu genießen, denn in das Grundstück konnte er nicht eindringen. Eines Abends sprach Walter ein Thema an, mit dem er sich beschäftigte und dass er schon einige Zeit mit sich herumtrug.
„Habt ihr euch schon mal Gedanken darüber gemacht, wo ihr nach eurer Hochzeit wohnen werdet?"
Sie schauten sich fragend an und Peter meinte dann mit einem schiefen grinsen im Mundwinkel, wobei er noch die Stirne krauszog und sich am Kopf kratzte, womit er schon beinahe Hilflosigkeit ausdrückte:
„Nein, - du Cornelia?"
„Ich auch nicht, hast du eine Idee, Walter?"
„Ich meine, wir müssen da etwas langfristiger planen. Gerlinde und ich sind jetzt 55 und 57 Jahre alt, ich dachte daran mit 60 ganz auszusteigen. Das heißt nicht, dass ich dann nichts mehr tun werde, dafür ist unser Geschäft zu komplex und Peter muss noch mehr Erfahrungen sammeln. Vielleicht hast du Interesse bei uns einzusteigen, eine gute Psychologin könnten wir gebrauchen, ja und solltet ihr Kinder haben, müssen wir das auch berücksichtigen."
„An was hattest du denn gedacht, Walter?" fragte Gerlinde.
„Also, wir haben hier ein riesiges Grundstück, dass Peter mal erben wird, Platz ist auch genug vorhanden, allerdings sollten wir uns nicht zu dicht >auf die Pelle rücken <, wie die Berliner sagen. Für den Anfang bietet es sich an, das Gartenhaus rundzuerneuern, ihr könntet dann dort wohnen und es nach euren

Plänen ausbauen und einrichten. Später, könnten wir dann auch die Häuser tauschen, dass hätte den Vorteil, dass sich unsere zukünftige Oma", dabei warf er einen listigen Seitenblick auf seine Frau, „sich manchmal um die Enkelkinder kümmern könnte, wenn Cornelia arbeitet. Nun sagt bitte erst mal gar nichts dazu, überlegt euch in Ruhe meine Vorschläge und kommt dann darauf zurück, wenn ihr Klarheit habt."

Jeden Tag, wenn Peter in die Fima fuhr, legte sich Cornelia auf die Rücksitzbank in seinen neuen Wagen, er hatte sich jetzt eine BMW-Limousine gekauft, die so meinte er, besser seinem künftigen Status als Ehemann entsprach. Auch durch die stark getönten Scheiben, war nicht zu befürchten, dass der Stalker sie hätte ausmachen können. Von dort fuhr sie, nach einem Fahrerwechsel in einer Seitengasse, öfters in ihre Wohnung um mal zu lüften, zu putzen und ihre Konten zu prüfen. Aus Sicherheitsgründen hatte sie ein Bankkonto, das nicht am Internet hing und ein weiteres bei der DKB, über das sie alle Zahlungen abwickelte. Von Zeit zu Zeit, ging sie zu ihrer Hausbank und übertrug einen bestimmten Verfügungs-Betrag auf ihr DKB Internetkonto, für das sie eine VISA und eine Giro-Scheckkarte hatte. Gewohnheitsgemäß kontrollierte sie ihre Konten nicht von unterwegs, sondern nur von ihrer sicheren Datenschnittstelle zuhause. Als sie die Kontoauszüge prüfte, fiel sie fast in Ohnmacht, nach und nach hatte der Stalker Überweisungen getätigt und unter anderem auch die Sarglieferung nach Iznang bezahlt. Mit den Summen, die er bar abgehoben hatte, kamen etwas mehr als 30.000 € zusammen. Mehr gab das Konto nicht her, weil sogar der Überziehungsrahmen ausgeschöpft worden war. Nun gab es keine Möglichkeit mehr die Angelegenheit anonym zu gestalten, sie musste Anzeige erstatten.

***

Kapitel 7 Die Polizei

Sie rief bei der Polizei an und erklärte dem Beamten ihr Problem, natürlich schätzte er die Angelegenheit als nicht so wichtig ein und verwies sie an ihre Bank, die würde ihr Geld schon zurückholen.

„Gut", sagte sie, „das werde ich machen, aber mir geht es hauptsächlich um die Belästigungen und Nachstellungen."

„Da müssen sie sich einen Anwalt nehmen, dann kommt die Sache vor Gericht und dem Stalker wird verboten sich ihnen zu nähern."

„Ja aber", sagte sie: „Ich kenne ihn doch nicht und er hat sich mir überhaupt nicht genähert, sie müssen doch erst mal ermitteln wer es ist und wie er heißt."

„Da kann ich ihnen nur raten, sich einen Privatdetektiv zu nehmen, wir haben viel zu viel Arbeit und solange es noch keinen Straftatbestand gibt, greifen wir nicht ein."

„Na toll, er droht mich umzubringen, schickt mir einen Sarg, stiehlt mir mein Geld und sie wollen nicht ermitteln."

„Passen sie auf, ich bespreche das mit meinem Vorgesetzten und rufe sie wieder an."

„Danke, wie war den gleich ihr Name? wie Maier, mit y", „Ja", „Danke."

Die DKB Internetbank erklärte sich bereit, der Sache nachzugehen, war jedoch skeptisch Erfolg zu haben, denn die Konten auf die solche Gelder umgeleitet werden, sind meistens im Ausland nur ein paar Tage, sozusagen >virtuell < vorhanden und werden dann wieder geschlossen.

Cornelia wartete ein paar Tage, dann bekam sie einen Termin bei einem Herrn Obergföll. Sie nahm all ihren Mut zusammen, schnappte sich ihre gesammelten Beweisstücke und ihren Peter und erschien zu dem Termin. Herr Obergföll hörte sich alles an und sagte:

„Also, nach allem was ich höre, hat ihnen unser Herr Meyer alles gesagt, wir können erst ermitteln, wenn er sie angreifen sollte, bis dahin sind das alles nur verbale Attacken, eher was für einen Anwalt oder Detektiv."

„Das heißt also, wenn ich bereits tot bin, oder im Krankenhaus liege, fangen sie an zu ermitteln?"

„So ungefähr, ich kann ihnen nur raten sich einen gut ausgebildeten Privatdetektiv als Bodyguard zu engagieren, der auf sie aufpasst und gleichzeitig ermittelt, falls sie sich das leisten können."

„Das haben wir natürlich schon gemacht, bisher ist da auch nichts herausgekommen."

„Sehr gut, wie heißt er?"

„Werner Saalmann."

„Guter Mann, war früher bei der Polizei. Sagen sie ihm einen schönen Gruß von mir, er soll sich bei mir melden, ich werde sehen, was wir für sie tun können, wir bleiben in Verbindung und melden sie mir alle weiteren Vorkommnisse. Noch eins, ist bei ihnen mal eingebrochen worden? Hat der Hausmeister die Wohnungsschlüssel?"

„Ja damals noch, als der Verbrecher die Stricknadeln in mein Bett gesteckt hatte. Saalmann hat danach eine einbruchsichere Schließanlage eingebaut, seither kann der Hausmeister nicht mehr rein."

„Wie alt ist der Hausmeister."

„Ungefähr 58 Jahre, verheiratet mehrere Enkelkinder, Sportverein usw."

„Den können wir ausschließen, wer war noch in ihrem unmittelbaren Umfeld, bzw. konnte in ihre Wohnung hinein?"

„Renate meine beste Freundin…, nein, das kann nicht sein, sie ist ja eine Frau? Wozu sollte sie mich stalken?"

„Haben sie ihre Zugangscodes, Passwörter und PIN-Nummern unter Verschluss?"

„Na klar, ich habe einen kleinen Tresor für wichtige Sachen und für etwas Geld."

„Hätte sie an den Zugangscode kommen können?"

„Na ja, ich habe manchmal auf ihren Wunsch hin auch ein paar Sachen von ihr miteingeschlossen."

„Wo wohnt diese Renate jetzt."

„Sie hatte bei mir gewohnt, dann ist ihre Mutter krank geworden, - Schlaganfall, jetzt muss sie gepflegt werden und deshalb ist sie dann zu ihr nach Hamburg gezogen."

„Wir werden das überprüfen, geben sie mir mal die genaue Anschrift."

„Die habe ich nicht, nur ihre Telefonnummer."

Er schrieb alles auf, ließ die mitgebrachten Unterlagen kopieren, dann fragte er:

„Wie heißen sie junger Mann - Hermann? heißt ihr Vater zufällig Walter."

„Ja, kennen sie ihn?"

„Ich bin mit ihm in die Schule gegangen, lange her, grüßen sie auch ihn von mir."

„Herr Obergföll, ich möchte nicht, dass die Familie Hermann hineingezogen wird", mischte sich nun Cornelia ein.

„Ich verstehe."

„Das ist auch der Grund, weshalb ich bisher die Polizei nicht eingeschaltet hatte."

„Alles klar, ich melde mich über Werner bei ihnen, das fällt dann weniger auf."

„Danke und auf Wiedersehen".

„Auf wiedersehen."

Da konnte man wieder mal sehen, Vitamin B, wenn jemand einen Jemand kennt, der mal irgendwo mit der Polizei zusammengearbeitet hat, oder den man zufällig gut kennt, schließen sich plötzlich alle Türen fast von selber auf.

***

Kapitel 8 Der Rausschmiss

Obergföll hatte sich anscheinend an Renate festgebissen, aber Cornelia konnte sich beim besten Willen nicht vorstellen, was er damit bezwecken wollte. Der Verdacht war absolut unsinnig. Schon am nächsten Tag rief Obergföll an und eröffnete ihr ein erstaunliches Ermittlungsergebnis. Er hatte seine Kollegen in Hamburg um Auskünfte über Renate gebeten und die hatten herausgefunden, dass ihre Mutter schon vor einem Jahr in einem Altersheim gestorben war. Es gab auch kein Haus in dem sie mit ihrer Mutter hätte wohnen können. Cornelia wunderte sich nicht darüber, sie wusste ja, dass sie mittellos war und aus diesem Grunde hatte sie Renate ja in die WG aufgenommen. Allerdings ergaben sich auch erhebliche, andere entlastende Momente gegen die Annahme, dass sie hinter der Sache steckte. Sie hatte sich vermutlich wieder verliebt, wohnte jedenfalls bei einem Mann und hatte ihr Ingenieurs-Studium in Hamburg wieder aufgenommen.

„Na sehen sie, ich konnte mir das gleich nicht vorstellen, Renate und eine Stalkerin, das passte nicht zusammen, da haben sie sich vergaloppiert, ich nehme an sie hat sich geschämt und mich deshalb belogen, aber trotzdem vielen Dank", sagte Cornelia erleichtert.

„Wenn wir noch etwas herausfinden, melde ich mich."

„Wir auch, danke, Wiederhören."

„Alle Gedanken sind auf dich fixiert, ich kann ohne dich kaum noch einschlafen, komm doch heute Nacht zu mir, wenn du im Büro fertig bist", schrieb Cornelia ihrem Peter. Als sie dann beim Abendessen in ihrer Wohnung zusammensaßen, erzählte sie ihm, was Obergföll in Hamburg herausgefunden hatte. Dann fragte sie ihn kurz und knapp, ob er mit Renate ein Verhältnis gehabt hatte.

„Warum fragst du mich das?"

„Ich habe so ein Gefühl, jedenfalls war sie hinter dir her. Renate hatte nach meinem Wissen keinen Freund, aber ihr Kühlschrank und der Wein deuteten darauf hin, dass sie vorhatte jemand einzuladen und dann verschwindet sie plötzlich?"

„Nein, wir hatten kein Verhältnis, es gab nur ein einziges Mal, sie hat mich sozusagen abgeschleppt. Ich schäme mich dafür, aber sie ist doch eine sehr attraktive Frau, die man nicht so einfach von der Bettkannte schubst und ich dachte mir, wenn sie es unbedingt will, - aber ich habe ihr vorhergesagt, dass es nur dieses eine Mal geben wird."

„Das hättest du mir unbedingt sagen müssen, ich habe doch gleich geahnt, dass es da noch eine kleine Lücke gab, von der ich nichts wusste."

Cornelia blieb trotz allem cool, doch forderte sie ihn auf sofort ihre Wohnung zu verlassen:

„Du verschwindest jetzt besser und denkst mal darüber nach, was du sonst noch alles für Schandtaten auf dem Gewissen hast, von denen ich nichts weiß."

„Aber Cornelia, ich liebe dich es war ein Ausrutscher, ich habe es verschwiegen, weil sie doch deine Freundin ist und ich habe mich geschämt. Ich hatte ein bisschen Angst, das aus uns nichts wird, wenn ich es dir sage."

„Ich kann dir das nicht verzeihen, bitte geh jetzt, ich hole mir morgen meinen Bus bei euch ab."

„Dann willst du dich also von mir trennen? - Cornelia, ich bitte dich, es hätte so schön werden können, wir passen so gut zusammen und wir hatten so große Pläne, willst du das alles wegwerfen, wegen eines Fehlers, der vor unserer Zeit passierte?"

„Ich brauche Zeit zum Nachdenken, wir können so nicht weitermachen, ich muss diese Stalking-Angelegenheit lösen und ich kann dich und deine Familie nicht noch weiter hineinziehen, kannst du das nicht verstehen. Natürlich war das vor unserer Zeit, aber nachdem der Stalker mich verfolgt, war plötzlich vor unserer Zeit - wieder mitten in unserer Zeit."

„Ja, aber wir haben nach einem Stalker gesucht, nicht nach einer Stalkerin die sich in mich verliebt hat und dich mit allen Mitteln vergraulen will, also ist es jetzt auch meine Angelegenheit", schlussfolgerte nun Peter.

„Trotzdem wissen wir überhaupt noch nicht genau, ob unsere Vermutung richtig ist und in Anbetracht der Bedrohung hättest du es mir sagen müssen und nun geh!"

Damit zog er ab, mit traurigem Blick und hängenden Schultern, denn er wusste, dass sie Recht hatte. Schon unter „normalen Umständen" hätte er es ihr sagen müssen, denn Freundinnen wussten in aller Regel immer sehr viel voneinander und es wäre sowieso herausgekommen.

***

Zweierkajak

Kapitel 9 Hamburg

Bis zum Semester-Beginn hatte sie noch ein paar Wochen Zeit, die wollte sie nutzen um ihre Angelegenheiten zu regeln. Sie holte sich am nächsten Morgen ihren Bus, packte noch ein paar Sachen zusammen und fuhr zu Obergföll, der sie auch gleich empfing. „Herr Obergföll, ich habe mir überlegt mal meine Freundin Renate zu besuchen, ganz unverbindlich, vielleicht kann ich etwas herausfinden, geben sie mir bitte ihre Adresse."

„Frau Berger, es tut mir wirklich leid, das darf ich nicht, da wenden sie sich bitte an das Einwohnermeldeamt, die müssen ihnen die Adresse geben, wenn sie einen wichtigen Grund vorbringen können, warum sie die Person suchen."

„Das weiß ich auch, aber die geben nur auf schriftliche Anfragen Auskünfte, da ist vor 14 Tagen nichts zu machen, außerdem besteht für mich eine permanente Lebensgefahr und die Polizei kann mich nicht schützen, also muss ich es selber tun", insistierte Cornelia.

„Ich verstehe sie ja, aber mir sind die Hände gebunden, ich kann ihnen nur raten, sich an eine Detektei zu wenden. Die haben da so ihre Methoden, aber bitte - ich habe ihnen das nicht gesagt."

„Danke, das werde ich machen, ich melde mich wieder."

Cornelia dachte sich ihren Teil, die Polizei ermittelt nicht, verweist Bürger an Detektive und wenn sie dann helfen könnte, darf sie keine Adressen herausgeben, einfach toll. Kurz entschlossen rief sie Werner an, erzählte ihm von ihrem Verdacht und, dass sie vorhatte ihrer lieben Freundin mal auf den Zahn zu fühlen.

„Ich fahre jetzt nach Hamburg, an der Uni kann ich sie zurzeit nicht finden, wir haben Semesterferien, aber ich werde es trotzdem versuchen und sie rufen mich an, wenn sie die Adresse haben, das schaffen sie doch bestimmt ganz locker."

„Gut, ich rufe sie an, wenn ich sie habe, aber sie unternehmen allein nichts, sondern rufen mich sofort an, wenn sie mit ihr gesprochen haben!", gab Werner ihr noch weitere Anweisungen. In Hamburg fuhr sie direkt zur Uni, sie wusste ja wie man an solche Infos herankam und recherchierte, wer sich in letzter Zeit eingetragen hatte. Zufällig war ein Kommilitone der Fachrichtung Mechatronik gerade anwesend. Mit Renates Namen konnte der nichts anfangen, als sie ihm aber Renates Aussehen und in paar Kleinigkeiten über ihre üppige Figur verraten hatte, erinnerte er sich sofort.

„Das ist die kühle Blonde, die keinen an sich heranlässt, >Klosterfrau< haben wir sie getauft, die ist erst im letzten Semester eingestiegen, aber wo sie wohnt weiß ich nicht, ich habe sie mal im Internetkaffee hier um die Ecke gesehen, vielleicht hast du Glück. Ach ja, ich glaube sie schafft als Aushilfe bei REVE, versuche es dort mal. Kann ich sonst noch was für dich tun, du bist doch sicher hier fremd?", fragte er sie. Sie hatte ja genug eigene Probleme, doch er hatte ihr ja bei ihrer Recherche uneigennützig geholfen und machte einen guten Eindruck, deshalb frage sie ihn:

„Ja, wenn du Zeit hast, doch ich sage dir gleich, ich bin verlobt, also mach dir keine Hoffnungen auf irgendetwas, du könntest ja mit mir ein bisschen herumfahren und bei der Suche helfen."

„Mach ich gern", gab er zurück.

„Na dann steig ein."

Die Recherchen ergaben nichts, doch dann rief überraschend Werner an, ein Freund bei der Polizei, bei dem er >noch etwas zugute hatte <, war fündig geworden. Der Freund war wohl mit einiger Sicherheit Herr Obergföll.

„Pass bitte auf, Renate ist in Hamburg polizeilich nicht gemeldet und nach allem was wir wissen, könnte sie gefährlich sein."

„Ja danke, ich pass schon auf" und zu ihrem neuen Freund Konrad sagte sie:

„Du, ich muss weiter, ich ruf dich an, dann kannst du mir ja mal Hamburg zeigen."

Sie tauschten ihre Handynummern und verabschiedeten sich.

Cornelia fuhr sofort zur angegebenen Adresse, stellte ihren Bus in eine etwas entfernte Seitenstraße, lief zurück und stellte sich so hinter den Torpfosten, dass man sie vom Haus aus nicht sehen konnte und klingelte. Zuerst tat sich nichts, dann wackelte der Vorhang. Sie klingelte nochmal, diesmal schon etwas heftiger, so wie es gewöhnlich die Paket-Ausfahrer zu tun pflegen. Diesmal hatte sie Erfolg und dann hörte sie Renates Stimme aus der Sprechanlage:

„Ja bitte."

„Hier ist Cornelia, mach doch bitte auf, ich muss dich sprechen."

„Moment, - hab' noch geschlafen, ich muss schnell was anziehen."

Das Anziehen dauerte Cornelia etwas zu lange, deshalb ging sie in eine Seitengasse hinter das Haus und stieß fast mit Renate zusammen.

„Hey, du willst dich doch nicht etwa verdrücken, was soll das?"

„Ne, ne ich wollte zu dir vorkommen, du weißt ja wie die Nachbarn so sind, die müssen nicht wissen, dass ich hier wohne. Wie hast du mich gefunden?"

„War nicht schwer, bei der breiten Spur die du hinterlassen hast."

„Ja, und warum bist du hier?" Man sah Renate schon deutlich an, dass sie ziemlich durcheinander war, denn mit Cornelias Erscheinen in Hamburg hatte sie nicht gerechnet. Cornelia konnte sich ein leichtes Grinsen nicht verkneifen, sie hatte das Gesetz des Handelns an sich gerissen und wollte es nicht mehr aus der Hand geben.

„Sollen wir das hier auf der Straße verhandeln?", fragte Cornelia spitz zurück.

„Da drüben ist ein Spielplatz, der ist vormittags meistens leer."

Auf dem Weg zum Spielplatz sprachen sie kein Wort miteinander, jede war in ihre Gedanken versunken. Cornelia hatte sich schon auf der Fahrt nach Hamburg ein Konzept zurechtgelegt. Wenn Renate die Stalkerin war, würde sie auf alle ihre Fragen mit Ausflüchten reagieren, je weniger Zeit sie dazu hatte, desto schneller würde sie sich in Lügen verhaspeln. War sie es jedoch nicht, konnte sie Cornelia die Gründe für ihr Abtauchen sicher ehrlich beantworten.

Als sie sich gesetzt hatten, überfiel sie Renate mit kurzen, knapp formulierten Fragen:

„Sind wir befreundet?"

„Ja"

„Ist es unter Freunden üblich zu verschwinden und nicht mal seine neue Adresse mitzuteilen?"

„Nein, aber... "

„Nichts aber, habe ich dir geholfen wo ich konnte?"

„Ja, ich... "

„Ist das der Dank dafür, dass ich dich drei Jahre lang fast mietfrei mit durchgefüttert habe?"

„Entschuldige, ich hatte meine Gründe."

„Die da wären?", frage Cornelia scharf.

„Ich habe mich in einen Kerl verliebt."

„Mit dem du hier zusammenlebst?"

„Ja, ja... so ungefähr - schon richtig – ne, nicht ganz, doch er hat genug Geld und ich wusste nicht wo ich unterkommen sollte", stotterte Renate.

„Und warum erzählst du mir dann Märchen, dass du deine Mutter pflegen musst, wenn sie schon lange tot ist?"

Cornelia hatte sie in die Enge getrieben, sie konnte nicht mehr so schnell lügen, wie sie die Fragen überrollten.

„Und warum weiß ich nicht, dass du mit Peter im Bett warst?"

„Ja, nur einmal, aber er wollte mich nicht, für ihn war es nur ein *One-Night-Stand,* dann hat er sich auch noch in dich verliebt, deshalb bin ich abgehauen und das mit meiner Mutter habe ich als Grund vorgeschoben."

„Und deshalb willst du mich umbringen, schreibst mir böse Nachrichten und bedrohst mich, - ja", brüllte Cornelia sie an, „du bist doch das Allerletzte, schämst du dich denn nicht, noch eine einzige Nachricht oder eine weitere Attacke, dann hast du eine Anzeige am Hals. Ich will dich nie mehr wiedersehen und wenn du mich noch einmal bedrohst schlage ich zurück, aber so heftig, dass es sehr weh tut und du es dein Leben lang nicht vergessen wirst."

Sie hatte sich in Wut geredet, war aufgeregt und konnte sich nicht mehr beruhigen. Als sie bei ihrem Bus ankam, merkte sie wie sehr sie in Rage war, in diesem Zustand konnte sie unmöglich Autofahren und beschloss die Nacht über dort stehen zu bleiben. Um sich zu beruhigen, nahm sie eine kalte Dusche, aß ein paar Kleinigkeiten und kam langsam zur Ruhe. Als sie in ihrer Koje lag, dachte sie noch einmal genauer darüber nach, was ihr Renate geantwortet hatte. War es glaubwürdig, dass sie verschwand als ihr enttäuscht klar wurde, dass sie bei Peter keine Chance hatte, dann war sie eine wirkliche Freundin oder hatte sie sich zurückgezogen, damit sie Cornelia aus der Entfernung besser attackieren konnte? Sie ging in Gedanken alle Verdachtsmomente gegen Renate noch einmal durch.

1. Sie war von Anfang an in der Clique gewesen.
2. Sie hatte als einzige einen Schlüssel zur Wohnung gehabt.
3. Sie kannte Peter und wusste, dass er ein reicher Erbe ist.
4. Sie wusste von Cornelia über alles Bescheid, denn sie hatten sich ja immer ausgetauscht.
5. Sie hätte auch an ihren Tresor herankommen können.
6. Auch ihre Verabredungen kannte sie genau.

7. Als sie merkte, dass Cornelia die Wohnung besser absichert hatte, stieg sie aus der WG aus, denn nun konnte niemand außer ihr und Cornelia in die Wohnung gelangen und der Verdacht würde auf sie fallen.

8. Renate tauchte auch nicht mehr in der Clique auf.

9. Renates Mutter war schon vor einiger Zeit gestorben, was sie verschwiegen hatte, zudem hatte sie kein Haus und somit auch kein Geld geerbt.

10. Sie hatte in den Semesterferien genug Zeit für die Aktionen gehabt.

11. Renate hatte sich einen VW Bus zugelegt und konnte so das Grundstück der Hermanns und Cornelias Wohnung gut beobachten. Woher hatte sie das Geld dafür her, etwa von ihrem Konto? Finanzierte sie auch noch ihre Peinigerin?

12. Allerdings konnte es auch alles stimmen, was sie ihr erzählt hatte, dass sie bei ihrem neuen Freund untergekrochen war und sich nun von ihm aushalten ließ.

Alle Überlegungen vollzogen sich bei Cornelia innerhalb von Sekunden. Je länger sie darüber nachdachte, wurde ihr bewusst, dass sie es herausfinden musste. Sie nahm sich vor, hier in Hamburg zu bleiben, den Spieß umzudrehen und nun ihrerseits Renate eine Zeitlang zu beobachten.

Der Sinn des Leidens

Ohne Leiden keine Lebensfreude,
Ohne Schmerz kein Wohlbefinden,
Ohne Sehnsucht nie Erfüllung,
Ohne Sorgen gibt's kein Glück.

Ohne Streit keine Versöhnung,
Ohne Lebewohl kein Wiederseh'n,
Ohne Lüge keine Wahrheit,
Ohne Liebe niemals Treue.

Ohne Tod gäb' es kein Leben,
Ohne Krieg auch keinen Frieden,
Ohne Not keine Erlösung,
Ohne Licht nur Dunkelheit.

Das Böse mahnt zum Guten,
Chaos zur Vollkommenheit,
Schuld verlangt nach Sühne,
Dissonanz nach Harmonie.

Rei©Men

***

Kapitel 10 Der Überfall

Mitten in der Nacht, erwachte sie von Geräuschen, die sich so anhörten, als wollte jemand die Schiebetür aufbrechen. Sie hörte genauer hin, tatsächlich, da machte sich jemand an der Tür zu schaffen. Schlagartig ging ihr Puls auf 180 hoch, sie fing an zu Zittern und machte sich fast in die Hose, aber dann besann sie sich auf ihre Drohung zurückzuschlagen, wenn sie noch einmal angegriffen würde, nahm ihren Schlagstock in die Rechte und den Pfefferspray in die Linke und ging seitlich von der Tür in Angriffsposition. Das Zittern ging mit einem weiteren Adrenalin Schub in volle Kampfbereitschaft über und sie konzentrierte sich auf den Moment, wo der Angreifer die Tür aufschieben würde. Draußen hörte sie ein leises fluchen, anscheinend setzte die Tür den Öffnungsversuchen mehr Widerstand entgegen, als erwartet. Doch dann gab es einen blechernen Schlag und die Tür rollte langsam zurück, ein Kopf wurde sichtbar, der Eindringling setzte seinen Fuß auf den Einstieg und zog sich mit der rechten Hand hoch, in diesem Moment schlug sie mit voller Wucht zu. Es gab ein hässliches Knacken und bevor der Einsteiger eine Reaktion zeigte, trat sie ihm mit voller Wucht vor die Brust, sodass er im weiten Bogen über das Pflaster des Gehsteigs, in die gegen überstehende Hecke flog, dann knallte sie die Tür zu, stieg zwischen den Sitzen ins Fahrerhaus durch und fuhr davon. Langsam ließ die Anspannung nach, ihre Nerven beruhigten sich und die Morgenkühle im Fahrzeug machte ihr bewusst, dass sie nur ihren Schlafanzug anhatte. Wo fahre ich eigentlich hin? fragte sie sich, hielt auf einem freien Parkplatz an und schaute sich um. Sie hatte genau gegenüber einer Polizeiwache geparkt – war das ein Zeichen, sollte sie hineingehen und den Vorfall melden? Während sie sich anzog, dachte sie ein Weilchen darüber nach, dann ging sie entschlossen in die Polizeiwache hinein. Sie erzählte dem Wachhabenden kurz von dem Einbruch in ihr Fahrzeug und wie sie den Eindringling zurückgeschlagen hatte.

„Augenblick", sagte der, „ich schicke da gleich mal einen Streifenwagen hin, welche Straße war das."

„Ja, ich habe nicht so genau hingeschaut, aber meine Freundin wohnt in der Timmendorfer-Straße und es war die nördliche Parallelstraße, wo ich stand."

Er telefonierte eine Zeitlang mit seinen Kollegen, dann sagte er: „Sie sind unterwegs, wollen sie etwas zum Trinken, einen Kaffee?"

„Ja, danke."

Er telefonierte wieder, dann sagte er:

„Na, dann wollen wir mal ein Protokoll aufnehmen" und setzte sich an seinen Computer. Es folgte das übliche Prozedere: Kann ich mal ihren Personal-Ausweis haben? Er schaute sich das Dokument genau an und begann mit der Aufnahme des Sachverhaltes.

„Also, sie hatten ihre Freundin Renate Michaelis besucht", sagten sie und sich dann zum Schlafen in ihren Campingbus zurückgezogen."

„Ja, und in der Nacht wurde ich wach, weil ich ein Geräusch hörte, jemand machte sich an der Schiebetür zu schaffen."

Plötzlich klingelte das Telefon, er nahm den Hörer ab, hörte eine längere Zeit lang aufmerksam zu, während seine Gesichtszüge von freundlichem Lächeln, in ernsthaftes Erschrecken übergingen.

„Ja, ja, ja, ist klar, alles klar, danke Kollegen", hörte Cornelia ihn sagen.

Ihr zugewandt sagte er dann:

„Der Mann, den Sie aus ihrem Bus rausgeschmissen haben, ist tot."

„Was – tot, das kann doch nicht sein, wieso tot?"

„Ich kann ihnen nicht mehr dazu sagen, das ist jetzt ein Fall für den Staatsanwalt, ich muss sie in Gewahrsam nehmen."

Cornelia war völlig konsterniert, sie wollte etwas sagen, brachte aber kein Wort mehr heraus, so tief saß der Schock. Der Beamte telefonierte wieder kurz, dann kam eine Kollegin in den Raum, legte ihr ohne ein Wort zu sagen Handschellen an und führte sie in eine Arrestzelle ab.

Endlich kam Cornelia wieder zu sich und stellte der Beamtin ein paar sachliche Fragen.

„Mein Bus steht auf der anderen Straßenseite auf einem Parkschein-Parkplatz, ich brauche noch ein paar Sachen für die Nacht und der Bus kann dort nicht stehenbleiben, hier haben sie den Schlüssel."

„Also um ihren Bus werden wir uns kümmern, aber sie sind hier nicht in einem Hotel, im Arrest gibt es keinen Service!"

„Was heißt hier keinen Service, ich habe das Recht ein Telefonat mit meinen Angehörigen zu führen und gegessen habe ich heute auch noch nichts. Ich bin das Opfer eines Einbruchs, mein Fahrzeug wurde aufgebrochen und jeder kann sich daraus bedienen, mitnehmen was er will, weil die Tür kaputt ist. Die Behörde und sie, behandeln mich wie eine Verbrecherin, ich habe mich bei dem Überfall nur gewehrt."

„Das wissen wir, aber dabei ist ein Mensch zu Tode gekommen, morgen früh werden sie vom Kommissar und vom Staatsanwalt vernommen, der entscheidet, ob sie Nachhause dürfen oder in Untersuchungshaft kommen. Ich bringe ihnen nachher ein paar Utensilien für die Nacht."

„Moment, ich möchte sofort meine Familie anrufen."

„Da muss ich den Kommissar fragen."

Ein paar Minuten später kam sie zurück und sagte:

„Sie können morgen nach der Vernehmung anrufen."

„Sie wissen ganz genau, dass ich das Recht habe einen Anwalt meiner Wahl hinzuzuziehen! Ohne einen Anwalt werde ich keine Aussage machen, sagen sie das ihrem Kommissar."

Eine Stunde später war Herr Spahn, ein Kriminalkommissar in ihrer Zelle.

„Frau Berger, sie dürfen ja ihren Anwalt nach der ersten Vernehmung anrufen, das ist doch klar."

„Herr Spahn, es wird keine Vernehmung geben, wenn mein Haus-Anwalt nicht zugegen ist, außerdem müssen sie mir Zeit geben, vorher mit ihm ein ausführliches Gespräch zu führen", entgegnete Cornelia mit aller Entschiedenheit.

„Ihr Verhalten wird bei der Staatsanwaltschaft kein gutes Licht auf sie werfen, dass kommt nicht gut an."

„O.K. das nehme ich in Kauf, aber, damit sie meinen guten Willen sehen, will ich ihnen noch einen Tipp geben. Nur diesen einen Satz und nur, wenn sie mir versprechen, dass ich nachher mit meiner Familie Kontakt aufnehmen darf."

„Also gut, hier haben sie mein Handy, rufen sie an, damit sie auch meinen guten Willen sehen", er hatte offensichtlich eingesehen, dass er mit seiner Überrumpelungstaktik nicht weiterkam. Cornelia wählte die Handy Nummer von Peter, der erleichtert war nach ihrem Streit endlich etwas von ihr zu hören. Er hatte noch geschlafen, doch als er den nächsten Satz hörte, war er plötzlich hellwach.

„Pass bitte genau auf, ich sitze in einer Arrestzelle in Hamburg. Polizei Kommissariat 38, man hat mich verhaftet, weil ich jemand getötet haben soll. Der Staatsanwalt und ein Kommissar Spahn wollen mich morgen früh verhören, ich verweigere jede Aussage, unser Hausanwalt soll sich mit der Staatsanwaltschaft in Verbindung setzten und sich dann bei mir melden. Ach noch eins: Peter, ich liebe dich! Hast du alles?"

„Ja, Hamburg, Polizei Kommissariat 38, aber was ist denn passiert."

„Erfährst du alles noch, ich möchte nichts Weiteres mehr sagen, die Polizei hört mit. Tschüss."

Damit gab sie Spahn das Handy zurück.

„Danke, hier der eine Satz, schreiben sie ihn bitte auf:
>Ich bin seit Monaten das Opfer eines Stalkers, rufen sie bitte ihren Kollegen Obergföll in Berlin an, Polizeidirektion 2 Abschnitt 21<.“
Nach einer unruhigen Nacht und einem miserablen Frühstück, holte man sie aus der Zelle ins Verhörzimmer. Spahn war wieder im Dienst und stellte ihr ein paar Fragen:
„Warum sind sie vom Tatort abgehauen.“
Cornelia gab ihm keine Antwort.
„Warum haben sie den Stalker auch noch umgebracht? Er war doch nach dem Schlag sicher schon bewusstlos?“
Keine Antwort....
„Sie hätten die Polizei anrufen müssen.“
Keine Antwort….
„Frau Berger, wenn sie nicht antworten, verschlimmern sie nur ihre Lage.“
„Gegenfrage, wann kommt mein Anwalt, hat er sich bei ihnen schon gemeldet?“
„Ja, aber es gibt noch keinen Termin.“
„Wo ist mein Bus, ich brauche ein paar persönliche Sachen.“
„Die bekommen sie erst, wenn sie in Untersuchungshaft überstellt werden und ihr Bus ist bei der Spurensicherung. Nachher kommt meine Kollegin und bringt ihnen was sie benötigen.“
„Danke das war' s, mehr werden sie von mir nicht hören.“

***

Kapitel 11 Das Verhör

Peter und der Hausanwalt der Hermanns Herr Steinhardt, kamen mit einer weiteren Kollegin, der Strafverteidigerin Frau Borchert angereist und man saß in Anwesenheit einer Polizei-Beamtin im Verhörzimmer. Herr Steinhardt eröffnete das Gespräch indem er sagte:

„Frau Berger, die Vorgeschichte kennen wir, Peter hat uns alles erzählt, fangen sie am besten da an, als sie nach Hamburg kamen. Sind sie einverstanden, wenn sie Frau Borchert jetzt weiter befragen wird?"

„Ich werde mein Handy-Diktiergerät mitlaufen lassen", begann sie,

„das ist wichtig, sonst müsste ich alles mitschreiben und so bleibt das Gespräch flüssiger und meine Sekretärin kann alles abschreiben, was wir gesprochen haben."

„Ja sicher, ich möchte ihnen nicht in Ihre Arbeit hineinreden."

Cornelia begann nun mit der Auseinandersetzung, die sie mit Renate gehabt hatte, dann schilderte sie so genau wie möglich die Ereignisse in der Nacht, die einen Schock bei ihr ausgelöst hatten, den sie immer noch nicht verarbeitet hatte.

Hier hakte Frau Borchert gleich ein:

„Hatten sie den Eindruck, dass der Schlag auf den Kopf des Einbrechers so stark war, dass er daran starb?"

„Eigentlich nicht, aber für eine Bewusstlosigkeit hat es wohl gereicht. Er hatte ja auch eine Mütze auf und die genormten Schlagstöcke der Polizei sollen ja nicht töten, sondern nur betäuben."

„Woher wissen sie das mit den Schlagstöcken?" fragte sie nach.

„Das hat mir Obergföll, der Polizei-Beamte in Berlin gesagt, er meinte ich solle mich in jedem Fall bewaffnen, dann fragte er noch, ob ich in Selbstverteidigung geschult sei. Als ich bejahte, meinte er ich solle den Kurs wiederholen und meine Technik auffrischen."

Über das Gesicht von Frau Borchert huschte ein breites Grinsen:

„Dann hat ihnen also die Polizei dazu geraten, sich mit diesen Kampfmitteln; Reizgas und Schlagstock zu bewaffnen?"

„Kann man so sagen."

„Sie sind also nicht ausgestiegen und haben sich nicht um den Verletzten gekümmert?"

„Nein, wenn ich ein Mann wäre, hätte ich es getan, aber es hätte sein können, dass er nicht bewusstlos war, dann hätte ich ein weiteres Mal zuschlagen müssen oder er hätte mich doch noch überwältigt, ich dachte ja die ganze Zeit, dass der Stalker mich überfällt."

„Und sie sind dann sofort zur Polizei gefahren."

„Nein, ich wollte erst mal ein Stück aus der Gefahrenzone heraus um dann die Polizei anzurufen, doch dann stand ich plötzlich vor dem Kommissariat."

„Gut, Frau Berger, sie haben alles richtig gemacht!
Meine Herren, haben sie noch Fragen?"

„Ich habe noch eine", fragte der Familienanwalt Herr Steinhardt,

„wurden sie von der Polizei korrekt behandelt und ordentlich versorgt?"

„Versorgt? na ja, dass ging gerade noch so, aber man wollte mir nicht gestatten, Peter anzurufen und versuchte ständig mich in ein Verhör hinein zu zwingen."

„Wie meinen sie das mit >zwingen<?"

„Man hat mir vorgehalten, dass ich meine Lage nur verschlimmere, wenn ich keine Aussage mache und mir vorgehalten, dass das bei der Staatanwaltschaft nicht gut ankommen würde, das heißt für mich nachteilig wäre."

„Da kann man doch mal wieder sehen, mit welchen illegalen Methoden versucht wird, sich Aussagen zu erschleichen", ereiferte sich Frau Borchert, „gut noch weitere Fragen?"

Peter meldete sich zu Wort:

„Hattest du nach dem Gespräch mit Renate den Eindruck, dass sie die Stalkerin ist?"

„Ja, ich habe sie in die Enge getrieben, aber sie fand für alles eine Erklärung, ich vertraute ihr nicht mehr, denn einen Punkt hatte sie offengelassen, woher hatte sie das Geld für ihren VW-Bus? Ich hatte erst gedacht, sie hätte es von ihrer verstorbenen Mutter geerbt, aber die war ja schon von einem Jahr verstorben und hatte ihr offensichtlich nichts hinterlassen. Dann jedoch erzählte sie mir, dass ihr neuer Freund, bei dem sie wohnte, Geld genug hätte. Das fiel mir erst auf, als ich im Arrest in Ruhe noch einmal über alles nachdachte. Zu dem Zeitpunkt, als der Überfall passierte, war ich der festen Meinung, dass sie dahintersteckte, jedenfalls wäre sie auf Grund ihres Mechatronik-Studiums jederzeit in der Lage gewesen, meinen Campingbus aufzubrechen."

„Wer kann denn außer ihr noch dein Konto angezapft haben. Ein Hacker oder hast du den Eindruck das sie es war?" fragte Peter.

„Beides ist möglich, ich habe das Geld zurückverfolgen lassen, es verliert sich über Bankkonten von Briefkastenfirmen im Ausland, das sehe ich nie wieder."

„Dann haben wir den Stalker immer noch nicht identifiziert."

„Peter, ich weiß gar nichts mehr, es könnte auch sein, dass sie oder jemand anderes den Autoknacker bestellt hat. Wir müssen herausfinden, ob der Tote nur ein Drogen-Krimineller oder ein Autodieb war, da soll es ja ganze Banden geben, die solche Auftragsarbeiten durchführen", sagte Cornelia.

„Sie haben da höchst interessante Aspekte aufgeworfen, denen wir nachgehen müssen", sagte Frau Borchert, „ich möchte mir aber diese ganzen Fragen vorbehalten, falls es zu einem Prozess kommen sollte, im Moment müssen wir nur versuchen Cornelia hier raus zu bekommen. Sie haben richtig gehandelt, dass sie keine Aussagen gemacht haben und ich möchte, dass das so bleibt. Sie sagen bei der Vernehmung weiterhin kein Wort und überlassen mir die Verhandlung, sind sie einverstanden?"

„Ja sicher, ich verlasse mich auf ihre Erfahrung."

„Gut, dann können wir uns jetzt in die Schlacht werfen, rufen sie den Staatsanwalt."

Sie sagte der Beamtin im Raum noch einmal eindringlich, dass sie über alles, was sie hier gehört hatte, zu schweigen hätte, andernfalls könnte es für sie ernsthafte Konsequenzen haben. Kurze Zeit später kam Kriminalkommissar Spahn mit dem Staatsanwalt in den Raum, Peter musste ihn verlassen und draußen warten, man stellte sich vor und setzte sich.

„Frau Berger, ihnen wird vorgeworfen fahrlässig und gewaltsam einen Menschen getötet zu haben, sind sie sich der Tragweite bewusst?" sagte der Staatsanwalt.

„Herr Staatsanwalt, meine Mandantin hat in Notwehr gehandelt", sagte Frau Borchert.

„Sie meinen wohl eher >überzogene Notwehr<, sie hätte ja auch ihren Pfefferspray einsetzen können, um den Einbrecher abzuwehren."

„Herr Staatsanwalt, sie kennen doch sicher die Aktenlage, meine Mandantin wird seit Monaten von einem Stalker mit Morddrohungen verfolgt, einmal ist sie mit ihrem Verlobten, Herrn Peter Hermann fast von einem Motorboot überfahren worden und musste daher annehmen, dass sie es nicht nur mit einem kleinen Einbrecher zu tun hatte, sondern rechnete damit um ihr Leben kämpfen zu müssen."

„Frau Borchert, trotzdem muss die Verhältnismäßigkeit der Mittel gewahrt werden, ihre Mandantin hätte sich auch ans Steuer setzen und davonfahren können, was sie ja nach der Tötung des Einbrechers auch tat."

„Herr Staatsanwalt, nach meiner Kenntnis war ein schnelles Herausmanövrieren des großen Fahrzeugs auf Grund der Dunkelheit nicht möglich, außerdem konnte der Einbrecher jeden Moment die Schiebetür aufbekommen und ins Fahrzeug eindringen, diesen Zeitpunkt konnte meine Mandantin nicht abschätzen."

„Stattdessen hat sie in heimtückischer Absicht den Einbrecher niedergeschlagen und dabei getötet. Sie hätte sich auch bemerkbar machen können, dann hätte der Einbrecher bestimmt seine Aktion abgebrochen."

„Herr Staatsanwalt, sie gehen immer von einem Einbrecher aus, meine Mandantin musste davon ausgehen, dass der Stalker sie im Schlaf überfallen wollte, es ging um ihr Leben!"

„Diese Stalker Geschichte, die sie hier immer in den Vordergrund schieben, ist nicht bewiesen und ich gehe davon aus, dass der Stalker, wenn er denn überhaupt existiert, in Hamburg nicht anwesend war."

„Herr Staatsanwalt, ich glaube so kommen wir nicht weiter, ich beantrage die sofortige Freilassung meiner Mandantin, sie ist bestens Beleumundet, mit einer der besten Familien in Berlin liiert und muss in der nächsten Woche das letzte Semester ihres Studiums aufnehmen, um es abzuschließen."

„Dem kann ich nicht zustimmen, Frau Berger wird in Untersuchungshaft überstellt."

„Herr Staatsanwalt, ich beantrage einen sofortigen Haftprüfungstermin, wegen Dringlichkeit in der kommenden Woche und setzen sie bitte gleich einen Besuchstermin für ihren Verlobten Herrn Hermann fest."

„Gut, ich werde sehen was sich machen lässt."

„Außerdem beantrage ich die sofortige Obduktion des Einbrechers, damit die Todesursache festgestellt werden kann und weiterhin möchte ich bitten, die Polizei zu veranlassen gegen den toten Einbrecher zu ermitteln. Wir möchten festgestellt haben, ob es sich tatsächlich um einen Drogenkriminellen Einzeltäter handelt oder ob er einer organisierten Autoknacker-Bande angehört hat. Sollte das der Fall sein, müsse sich die Wertung des Tötungs-Deliktes für meine Mandantin bei der Strafzumessung wesentlich günstiger gestalten."

„Frau Borchert, im Krankenhaus wurde eindeutig festgestellt, dass der Einbrecher durch die Schlagwirkung an einem Schädelbruch verstorben ist. An dieser Tatsache kommen sie nicht vorbei, ich werde trotzdem veranlassen, dass der Sache nachgegangen wird."

„Herr Staatsanwalt, ich bedanke mich, wir sehen uns dann beim Haftprüfungstermin."

Ein paar Tage später trafen sich die Verlobten im Besucherzimmer des Gefängnisses und versöhnten sich wieder.

Man kann das Glück nicht wegschicken,
wenn es bleiben möchte.

Rei©Men

Cornelia hatte Peter verziehen, denn ihre Liebe war stärker als ihre Enttäuschung. Peter war erleichtert, dass er seine große Liebe nicht verloren hatte, die Beziehung mit einer geistig hochstehenden, gebildeten Frau, die nicht seine reiche Familie im Hinterkopf hatte, sondern ihn meinte, war ein Glücksfall, der ihm nur einmal im Leben passierte. Noch im Gefängnis, machte er ihr spontan einen offiziellen Heiratsantrag, der ihre Beziehung so festigen sollte, dass es nie wieder zu einem solchen Zerwürfnis zwischen ihnen kommen konnte. Nachdem sie mit Tränen in den Augen ja gesagt hatte, äußerte er den Wunsch, die Eheschließung schnellstens zu vollziehen. Sein Hintergedanke dabei war natürlich, die geballte Power seiner prominenten Familie gegen die ungerechtfertigte Anklage, eines vermutlich karrieresüchtigen Staatsanwaltes zu setzen.

Außerdem wollte er Cornelia die erforderliche Rückendeckung geben, die sie in den bevorstehenden schweren Zeiten dringend benötigte, sie sollte wissen, du bist nicht allein, du hast eine Familie die zu dir steht, die dich vor den Unbilden des Lebens beschützt und immer für dich da ist. Als er nachhause kam, rief er einen befreundeten Architekten an, den er mit dem Umbau des Gartenhauses beauftrage. Schon am nächsten Morgen standen Vater und Sohn Hermann mit dem Architekten im Garten und entwickelten zahlreiche Ideen, die Dieter Maurer mit ein paar Skizzen zu Papier brachte.

Als Peter zu einem weiteren Besuch im Gefängnis war, beratschlagten sie die Bau-Skizzen von Dieter. Cornelia war zunächst über die Schnelligkeit, mit der Peter ihre gemeinsame Zukunft vorantrieb überrascht, wollte einwenden, dass sie erst einmal diese Stalker Geschichte, hinter sich bringen wollte, besann sich dann aber eines Besseren, denn insgeheim ahnte sie, dass Peter sie auf andere Gedanken bringen wollte und was konnte es da Besseres geben, als Zukunftspläne zu schmieden. Was die Küche, die Bäder, die Gäste und Kinderzimmer anbetraf, brachte sie ihre, fraulich, mütterlichen Ideen ein und auf Dieter wartete viel Arbeit, um das Wunschgebilde in Wände aus Beton, Stein und Glas umzusetzen. Am Ende der Planungen war aus den kleinen, ehemaligen Gärtnerhäuschen eine komfortable Gartenvilla geworden, die sich mit ihrer sanft geschwungenen Linienführung, die keinerlei Protz zuließ, in die hügligen Wasserlandschaft der Parkanlage hervorragend einfügte. Nun musste der Plan nur noch in die Realität umgesetzt werden.

Inzwischen hatte der Staatsanwalt Anklage erhoben und am Ende der Woche, die für Cornelia trotzt ihres Gefängnis-Aufenthaltes wie im Fluge verging, stand der Temin fest, an dem darüber entschieden würde, ob sie im Gefängnis bleiben oder auf freien Fuß gesetzt würde. Jeden Tag kam Peter mit seinen Haus-Plänen und Frau Borchert vorbei, sie besprachen nun alle Details, die für die Verhandlung relevant waren. Diese fand dann im Dienstzimmer des zuständigen Untersuchungs-Richters im Amtsgericht statt. Er hörte sich die Argumente der Staatanwaltschaft und die schon beim Verhör vorgebrachten Einlassungen der Verteidigung an und entschied dann: „Nach Aktenlage ergeben sich keinerlei Zweifel, dass die Beschuldigte nicht aus niederen Beweggründen gehandelt habe. Sie musste damit rechnen vom Stalker, oder dessen Beauftragten überfallen zu werden und hat nicht unverhältnismäßig reagiert. Wenn die Staatsanwaltschaft keine weiteren Beweise vorlegt, ist zu erwarten, dass auch keine Anklage zugelassen werden kann. Es besteht keine Fluchtgefahr, die Beschuldigte ist mit sofortiger Wirkung freizulassen. Die Verhandlung ist geschlossen."

***

Kapitel 12 Wieder zuhause

Der Campingbus war noch nicht freigegeben worden, aber Cornelia und Peter wollten so schnell wie möglich zu seinen Eltern fahren, um ihnen die frohe Botschaft zu überbringen. Gerlinde und Walter waren >aus dem Häuschen< und die Begrüßung fiel entsprechend aus, als die beiden ins Haus traten. Es wurde ein langer Abend, eigentlich der Erste im Hause Hermann, wo man Gelegenheit hatte sich besser kennenzulernen und vieles zu fragen und zu besprechen. Cornelia rief gleich noch ihre Mutter an und unterrichtete sie über die weiteren Ereignisse. Walter, der immer praktisch dachte, brachte dann das Gespräch auf den Aufenthaltsort von Cornelia bis zur Hochzeit.

„Ich wünsche mir, dass meine zukünftige Schwiegertochter hier bei uns lebt, bis das Gärtnerhaus fertig ist. Ich habe Werner schon dauerhaft eingestellt, damit er sich um die Sicherheit der Familie kümmern kann."

Gerlinde und Peter waren der gleichen Ansicht und Cornelia gab sich geschlagen, was hätte sie auch anderes tun sollen, nachdem sie Peters Antrag angenommen hatte, gehörte sie nun endgültig zur Familie, trotzdem gab sie zu bedenken:

„Ich bin euch für alles, was ihr für mich getan habt zu Dank verpflichtet, trotzdem möchte ich nicht, dass die Familie in diesen Schlamassel hineingezogen wird, ich fürchte, wenn erst der Prozesstermin ansteht, wird sich die Presse wie die Habichte auf uns stürzen, davor habe ich am meisten Angst."

Gerlinde brachte die Sache auf den Punkt, indem sie sagte:

„Zum ersten Mal hast du >Uns< gesagt und so soll es sein, ich mache dein uns zum >Wir<, wir werden das gemeinsam durchstehen. Vielleicht lässt der Stalker sein grausames Spiel bleiben, wenn er erkennen muss, dass er keine Chance hat dich zu gewinnen, wenn du erst mal mit Peter verheiratet bist."

„Oder es kommt umgekehrt, wenn er weiß, dass er verloren hat, wandelt er seine Besitzansprüche in Rache um, dann wird es für mich erst richtig gefährlich."

„Deshalb werden wir Werner zu deinem persönlichen Bodyguard machen, er wird dich keine Sekunde aus den Augen lassen, wenn ich nicht gerade bei dir bin", meldete sich Peter, „ich rufe ihn gleich mal rein."

Werner, der schon ein paar Tage im Hause als Sicherheitsmann fest angestellt war, erklärte, dass das Hauspersonal von ihm eingewiesen und zur strengsten Verschwiegenheit verdonnert worden war.

Alle Unregelmäßigkeiten und Vorkommnisse wurden ihm sofort über die von ihm ausgegebenen Sicherheits-Handys gemeldet. Er reklamierte jedoch, dass noch einige Sicherheitslücken bestanden, so zum Beispiel die große Gartenanlage, die zudem noch einen offenen Wasserzugang hatte. Er sagte: „Ich möchte dort einen Zaun haben und weitere Überwachungskameras und dann benötige ich mehr Personal, denn alleine kann ich die Aufgabe nicht meistern."

Walter sagte: „Peter, du hast doch einen Draht zum Architekten, der soll entsprechende Angebote einholen und Werner, du suchst in deiner Branche noch nach ein paar Leuten, wie viele werden wir noch brauchen?"

„Mindestens drei und Hunde wären auch nicht schlecht, ich habe den Verdacht, dass wir nicht nur Cornelia schützen müssen, sondern auch Peter."

„Also gut, du kennst dich in deiner Branche aus, aber bei der Einstellung möchte ich zugegen sein. Wenn Cornelia irgendwo hinmuss, fahrt ihr mit unserer Sicherheits-Limousine, wir nehmen dann solange Gerlindes Wagen."

Die Hochzeitsvorbereitungen zogen sich noch ein Weilchen hin, Cornelia war das erste Mal in diesem Semester wieder an der Uni, Werner hatte von der Verwaltung eine Sondergenehmigung bekommen und konnte sich überall auf dem Unigelände aufhalten. Auf den Nachhauseweg, wollte Cornelia sich noch ein paar persönliche Sachen aus ihrer Wohnung holen und ihren Briefkasten leeren. Werner hielt auf einem freien Parkplatz an, dann stieg er aus um die „Lage zu peilen", wie er sagte. Nach ein paar Minuten kam er zurück und berichtete, dass sein Assistent eine Person beobachtet hätte, die nicht in diesem Haus wohnte, dazu erklärte er, dass er die Wohnung von Cornelia bewachen lässt, seit sie wieder auf freiem Fuß ist. Alle sind fotografiert worden, die verdächtige Person sei aber nicht einzuordnen gewesen. Er hätte nicht feststellen können, was sie dort gemacht habe, aber das Besondere daran sei, erzählte er, dass sie sich mindestens eine halbe Stunde im Haus aufgehalten hätte. Mit dem Bild hätte er die Hausbewohner abgeklappert, aber niemand kannte die Person und keiner wusste, was sie im Haus zu suchen gehabt hatte, erzählte Werner.

„Also, höchste Alarmstufe, ich gehe mal sondieren, ob du in die Wohnung reinkannst."

„Aber die ist doch gesichert!" meinte Cornelia.

„Richtig, doch Vorsicht ist die Mutter der Porzellankiste", damit verschwand er Richtung Hauseingang.

Obwohl sie im verschlossenen Fahrzeug saß, hatte sie ein mulmiges Gefühl in der Magengegend und das sollte sie nicht täuschen, denn plötzlich gab es einen dumpfen Schlag, aus den oberen Stockwerken flogen die Fensterscheiben heraus und plötzlich war die Straße und der Bürgersteig von Splittern und Trümmern übersäht, ein PKW, der gerade vorbeifuhr, musste ausweichen, machte einen Schlenker und rammte einen Hydranten. Eine riesige Wasserfontäne stieg in den Himmel, brach dann in sich zusammen und innerhalb von ein paar Minuten war die Straße überschwemmt. Dann tauchte Werner auf, sprang mit Vehemenz in den Wagen, fuhr an und nacheinander machte es plopp, plopp, plopp, plopp. Der Wagen sackte fast bis auf die Felgen herunter, aber Werner ließ sich nicht davon irritieren und fuhr weiter – aus der Gefahrenzone heraus. Nach einer Viertelstunde erreichten sie dann das Grundstück der Hermanns. Nachdem sich die Tore der Einfahrt geschlossen hatten, kam ihnen schon Peter entgegen, der inzwischen über den Vorfall von den beiden anderen Sicherheitsleuten unterrichtet worden war und nahm seine Braut in die Arme. Endlich konnte Cornelia Werner fragen, was eigentlich passiert war.

„Genaueres wissen wir noch nicht, die Polizei ermittelt noch. Ich kam die Treppe hoch, es sah alles ganz normal aus, an der Tür war nicht manipuliert worden, ich steckte den Schlüssel ins Schloss und drehte ihn wie üblich herum. Weil die Jalousetten unten waren, griff ich durch den Türspalt und machte das Licht an. Dann gab es diese Explosion und ich flog rücklings auf den Boden des Treppenflurs, rappelte mich wieder hoch und konnte einen kurzen Blick in deine Wohnung werfen. Es war das reine Chaos, die Druckwelle hat Zwischenwände und die Wände zur Nachbarwohnung eingedrückt, von der Decke hingen gesplitterte Balken herunter, aus den abgetrennten Rohrleitungen schoss Wasser heraus und überall lagen Kleinteile von Möbeln, Büchern und Einrichtungs-Gegenständen herum, als wären sie geschreddert worden."

Cornelia begann zu schluchzen, als sie das hörte, doch Peter nahm sie in den Arm und sagte:
„Sei ruhig, alles wird gut, weißt du noch wie du mich getröstet hast, damals - kurz nach meinem Autounfall?"
„Ja, aber meine ganzen Sachen - ich besitze nun nichts mehr, außer dem bisschen Zeug, dass ich hier zu euch, entschuldige bitte, hierher mitgebracht habe."
Dann begann sie bitterlich zu weinen, Peter versuchte sie zu beruhigen:
„Was hast du damals zu mir gesagt, als ich unverschuldet in diesen grässlichen Unfall verwickelt wurde?"
„Ja ich weiß es noch, ich sagte: Stell dir vor, du würdest jetzt im Krankenhaus liegen, oder noch schlimmer, du könntest nicht mehr hier sein und wir müssten für immer auf dich und auf deine gute Laune verzichten."
„Ja, Cornelia, es sind doch nur Sachen, die kann man ersetzen und was noch brauchbar ist, werden wir herbringen lassen. Werner, fahren sie bitte sofort wieder zurück und veranlassen sie die Sicherung der Wohnung, bevor die Hammelherde von den Behörden alles zertrampelt hat."
„Mach ich, ich fahr gleich los, Benni ist sowieso noch vor Ort, ich habe ihn schon telefonisch angewiesen auf den Rest ihrer Habseligkeiten aufzupassen."

„Werner, bringen sie mir bitte meine Fotoalben, meine Aufzeichnungen und Urkunden aus dem Schreibtisch mit, ich
brauche alles für das Studium und meine Computer-Festplatte.
Auf der kleinen Sicherungs-Festplatte die nebendran liegt, ist
hoffentlich auch noch was drauf, ich schreibe nämlich schon
einige Zeit an meiner Dissertation."
„Oh", meldete sich Peter, „du hast doch hoffentlich eine Si-
cherungskopie auf deinem Laptop."
„Ja, aber der ist im Campingbus bei der Polizei, hoffentlich löschen die nicht alles. Ich weiß nicht mehr wie es weitergehen
soll, ich drehe noch durch, das ist einfach zu viel."
„Cornelia, sieh mich an", sie schaute zu ihn hoch, „wir schaffen
das, hast du gehört? Zusammen sind wir stark."
„Ja, wir schaffen das, ruf bitte Frau Borchert an, sie soll die
Freigabe des Busses beantragen, ich brauche meinen Laptop."
Stunden später rief Frau Borchert an und berichtete, dass der
Staatsanwalt von der Explosion Wind bekommen und die Sache an sich gezogen hatte. Die Sicherstellung ihres Busses
wird nicht aufgehoben, er ermittelt jetzt auch wegen Fahrläs-
sigkeit, weil von den Feuerwehrspezialisten festgegellt wurde,
dass es in der Wohnung eine Gasexplosion gegeben hat und
fast das ganze Stockwerk und große Teile des Daches zerstört
sind. Kurz danach kam Werner zurück, griff in seine Jackenta-
sche, grinste über das ganze Gesicht und zog eine kleine WD-
Western-Drive-Sicherungs-Festplatte hervor, an der noch ein
kleines USB-Kabelchen dranhing.
„Gott sei Dank, Werner mal ehrlich, die haben sie doch wohl
nicht etwa aus meiner Wohnung gestohlen? Danke, sie haben
mir das Leben gerettet."
Plötzlich fielen aller Ärger, alle Sorgen und Ängste von ihr ab,
sie hatte ihr Hab und Gut verloren, doch ihre Zukunft hielt sie
mit Peter und diesem kleinen Plastikkästchen wieder in den
Händen.

***

Kapitel 13 Die Hochzeit

Das neuerliche dramatische Ereignis hatte auf die Hochzeitsvorbereitungen keinerlei Auswirkungen, denn die Absicht war ja nicht nur ihr Liebesverhältnis zu legalisieren und Ordnung in ihr Leben zu bringen, sondern auch dem Stalker, dem nicht beizukommen war zu zeigen, dass er mit seinen Aktionen ins Leere lief. Man konnte nur hoffen, dass er nicht nur über eine technische Intelligenz verfügte, sondern so viel Restverstand besaß, dass er einsah das Spiel verloren zu haben. Doch es zeigte sich, dass er eine ausgesprochene Persönlichkeitsstörung haben musste, die, so hofften Cornelia und Peter ihn eines nicht so fernen Tages in die Psychiatrie befördern musste. Die Hochzeitfeier sollte natürlich im Hause Hermann stattfinden, ein Festzelt und eine Tanzfläche wurden aufgestellt, eine Ketteringfirma traf ihre Vorbereitungen, Braut und Bräutigam staffierten sich schick aus und Cornelia schlief wieder im Gästezimmer, so wollte es Gerlinde. Sie meinte, man müsse zwischen den Brautleuten etwas mehr Spannung aufbauen, damit sie ihre Vermählung herbeisehnten und sich auf die Hochzeitsnacht freuten.

Durch die Aufbauarbeiten kamen natürlich eine Menge unbekannte Arbeitskräfte der beteiligten Firmen auf das Gelände, die vom weiter verstärkten Sicherheitspersonal kontrolliert und überwacht wurden. Die „Jungs" taten was sie konnten. Werner hatte für die geladenen Gäste fälschungssichere Ausweise anfertigen lassen, die nur mit der gleichzeitigen Vorlage des Personalausweises gültig waren. Mehr, so meinte er, könne man kaum tun. Dann war es soweit, der Polterabend war in vollem Gange, da löste einer der Sicherheitsleute Alarm aus. Alle schauten auf ihn, als er aus dem Teich-Labyrinth auftauchte. Werner trat ans Mikrofon der Band und beruhigte die

Gäste mit der Nachricht, dass in hinteren Gartenteil ein kleinerer Brand entstanden sei.

„Die Feuerwehr ist schon unterwegs, also meine Herrschaften, bitte keine Panik, wir haben alles im Griff."

Aus dem Park sah man ein helles Leuchten, dass im auf- und abschwellenden Feuerschein mit dem Abendhimmel korrespondierte. Natürlich liefen alle genau dorthin, die Sicherheitsleute versuchten die Menschen aufzuhalten, doch alles Bemühen war vergeblich, die Neugier war wie gewöhnlich größer, als der Verstand von Menschenmassen. Offenbar nahmen alle an, dass es sich um einen Polterabend Geck handelte und den durfte man natürlich nicht verpassen. Alle Gäste standen nun andächtig versammelt vor dem einmaligen Ereignis des lichterloh brennenden Gärtnerhauses und irgendein Witzbold fing an zu klatschen. Alle taten es ihm nach, die Stimmung stieg auf den Höhepunkt, wurde dann aber abrupt von der mit mehreren Einsatzwagen anrückenden Feuerwehr unterbrochen. Der Einsatzleiter scheuchte kurzerhand die Gäste mit einer kalten Wasserdusche aus seinem Arbeitsfeld heraus, was aber der Stimmung keinerlei Abbruch tat. Man hielt das Ereignis immer noch für ein gelungenes Polterabend-Event. Peter beendete das Specktakel dann mit der Flüstertüte des Einsatzleiters, indem er sich vor das Publikum stellte und mit einem etwas angefressenen Gesichtsausdruck verkündete:

„Sehr geehrte Damen und Herren, die Show ist vorbei, wir begeben und nun wieder zu den Partyzelten."

Tatsächlich war es der Feuerwehr gelungen, den Brand soweit zu löschen, dass keine Gefahr mehr für ein Übergreifen auf die Parklandschaft bestand, aber das Gärtnerhaus war nicht mehr zu retten gewesen. Mit Tagesanbruch war dann auch das Gelände um die Brandstelle einigermaßen gesäubert, gerade noch rechtzeitig vor der Trauung, da stand der Staatsanwalt schon „auf der Matte" und versuchte zu ermitteln. In aggressiver Weise verlangte es das Brautpaar zu sprechen, daraufhin beanspruchte Walter sein Hausrecht und verwies ihm mit Androhungen einer Beschwerde im Justizministerium des Hauses, außerdem dürfe er ohne die Polizei hier keinerlei Exekutivrechte ausüben.

„Sie befinden sich hier auf einem Privatgrundstück, merkte er an. Das Brautpaar hat mit dem Brand nichts zu tun und heute sei ihr Hochzeitstag", sagte er, „und wenn sie hier noch mal auftauchen, lasse ich sie von unseren Bodyguards rausschmeißen. Achtung: Diese Anweisung gilt nur für die Störung unserer Familienfeier, selbstverständlich haben sie jederzeit Zutritt zur Brandstelle und - kümmern sie sich lieber um die Aufspürung des Stalkers, das wäre meiner Ansicht nach besser, als meine zukünftige Schwiegertochter zu verfolgen. Ja, verdammt noch mal, ist denn nicht schon genug passiert, wollen sie warten, bis es noch mehr Tote gibt!"

Die restliche Familie, auch Cornelias Mutter, Frau Maria Berger und ihr Lebensgefährte Richard, die inzwischen angereist waren, standen etwas abseits und hatten der langen Rede Walters zugehört. Doch nun platzte auch Maria der Kragen, sie ging auf den Staatsanwalt zu und schnauzte ihn an:

„Ja, zum Donnerwetter, machen sie endlich ihre Arbeit, in Iznang hat meine Tochter von diesem Irren einen Eichensarg zugeschickt bekommen und der Stalker hatte ihr geschrieben, dass sie bald drin liegen würde. Weisen sie ihre Polizei endlich an zu ermitteln und stören sie hier nicht die Hochzeitsfeier!"

Walter setzte noch eins drauf indem er sagte:

„Maria, regen sie sich doch bitte nicht so auf, ich rufe jetzt mal den Oberstaatsanwalt an, dann werden wir ja sehen, welche Bürgerrechte wir in diesem Staat noch haben."

Diese Ankündigung hatte zur Folge, dass der Jung-Staatsanwalt das Feld endlich räumte. Dessen ungeachtet rief Walter ein paar Freunde an, die ein paar Freunde hatten oder kannten und eine Stunde später erhielt er einen Anruf vom Oberstaatsanwalt, dass die Ermittlungen gegen Cornelia

„im Moment aufgeschoben werden, bis die Feierlichkeiten beendet sind, aber in der Sache des Totschlags weitergeführt würden".

„Herr Oberstaatsanwalt, können sie mir garantieren, dass heute hier keine Beamten mehr auftauchen?"

„Nur, wenn es keine weiteren Ereignisse, wie Brandschatzung und andere Straftaten gibt, dann müssen wir tätig werden."

„Herr Oberstaatsanwalt, wie wäre es denn, wenn sie ein- zwei Polizeibeamte herschicken, damit nichts mehr passiert?"

„Da müsste ich mit dem Polizeipräsidenten reden."

„Ja, dann tun sie das bitte, ich habe inzwischen zehn Sicherheitsleute auf meine eigenen Kosten engagiert, mehr kann ich nicht tun, ich lehne jede weitere Verantwortung ab, es wäre die Aufgabe der Polizei gewesen diesen Verrückten aus dem Verkehr zu ziehen, nicht die unserer Familie. Stattdessen ermitteln die Behörden gegen die Opfer."

„Also gut, ich lasse das Feld räumen, wenn sie mir versprechen, die Brandstelle bis morgen früh zu bewachen und niemand heranzulassen."

„Ich denke nicht daran, nachher wird wieder behauptet, wir hätten etwas verändert, stellen sie einen Beamten ab, der die Brandstelle bewacht, warum ist das nicht schon längst geschehen?"

„Sie wissen, dass ich jederzeit ihre ganze Hochzeitsfeier stoppen kann, bis die Brandursache geklärt ist."

„Haben sie die Explosionsursache in der Stadtwohnung schon klären können?"

„Selbstverständlich, aber ich darf ihnen darüber nichts sagen", damit war das Gespräch beendet. Eine halbe Stunde später war der Jung-Staatsanwalt wieder da, anscheinend hatte er weitere Anweisungen bekommen, alle wunderten sich darüber und waren gespannt, was er sich jetzt wieder ausgedacht hatte, um die Hochzeitfeier zu stören.

„Werner", rief Walter, bringen sie bitte mal Ihre Assistenten und die Brandwache hierher."

Als alle angetreten waren, sagte Walter zu ihnen:

„Sie werden abwechselnd die Brandstelle bewachen und alle zwei Stunden die Wachen wechseln. Herr Staatsanwalt, sie nehmen bitte die Namen der Wachleute auf, sie werden auch auf unsere Familie achten und vor allem auf die Gäste und sie werden auch bezeugen, dass wir oder unsere Gäste nicht in die Nähe der Brandstelle gekommen sind. Der Herr Staatsanwalt vermutet nämlich, dass wir den Brand gelegt haben, ich verlange außerdem, dass die Brandwache der Feuerwehr noch nicht abgezogen wird und dass morgen früh versucht wird die Ursache zu klären, aber bitte nicht vor 9 h und bitte ohne Tatütata und noch eins, ich verlange außerdem, dass die Kripo hinzugezogen wird, vor allem muss das Personal der Ketteringfirmen überprüft werden, sie waren die einzigen uns unbekannten Personen, die gestern Abend anwesend waren."

„Ich werde das veranlassen", meldete sich der Staatsanwalt und verabschiedete sich förmlich. Werner versammelte die Familie um sich und erklärte:

„Endlich haben wir einen Anhaltspunkt, alle Personen die gestern zum Polterabend hier waren, wurden von den Kameras aufgezeichnet, ich habe die Filme schon sicherstellen lassen und werde Kopien dem Erkennungsdienst der Polizei übergeben. Auf diesen Bildern muss der Täter zu finden sein und wir werden ihn finden. Wir schauen uns die Bilder natürlich auch noch zusammen an, aber erst wenn die Feier vorbei ist. Ich glaube diesmal hat der Täter einen Fehler gemacht, entweder ist er selber auf den Filmen zu sehen, vielleicht mit Bart und Brille oder er hat jemand mit der Tat beauftragt, wir werden ja sehen."

Langsam trafen die Gäste ein und man konnte mit der Feier beginnen, Cornelia und Peter waren am Polterabend schon standesamtlich getraut worden, es fehlte noch der Segen der Kirche. Die Zeremonie verlief ohne Zwischenfall, als Trauzeugen fungierten Peters Mutter Gerlinde und Maria, die Mutter von Cornelia. Pfarrer, Brautpaar, die Trauzeugen und die geladenen Gäste, versammelten sich um den, auf einem kleinen Podest eingerichteten provisorischen Traualtar. Cornelia trug ein schlichtes weißes Brautkleid, ihr schönes Haar war aufgesteckt und mit Blumen verziert, eine kleine Halskette, die ihr Peter geschenkt hatte, zierte ihren Hals. Peter trug seinen Smoking, den er für repräsentative Anlässe besaß, alles ohne Pomp und Firlefanzen, schlicht und einfach, der besonderen Situation entsprechend angepasst. Das Brautpaar hatte darum gebeten statt Geschenken, der Welthungerhilfe eine Spende zu überweisen. Auch die Zahl der geladenen Gäste hielt sich in Grenzen, - beschränkte sich auf die Verwandtschaft und eine paar Freunde der Familien des Brautpaares. Walter und Gerlinde achteten bei familiären Anlässen schon immer auf strikte Trennung zwischen Geschäft und Privatem. Im Gegensatz zum Polterabend, zu dem alle Gäste nur mit einem Ausweis und Zugangscode das Grundstück betreten durften, kannte man heute alle Gäste persönlich, sodass Werner auf diese Sicherheitsmaßnahme verzichtet hatte. Einen kleinen Trick hatte er sich dann doch einfallen lassen. Auf den Einladungen, war an einer Stelle ein klitzekleiner Fehler an einem Buchstaben eingedruckt worden, daran erkannten seine Sicherheitsleute die Echtheit des Dokumentes. Nach der offiziellen Zeremonie ging man zum Mittagessen über, dass von einigen üppigen Ansprachen und Glückwünschen unterbrochen wurde. Nach dem Nachmittagskaffee spielte eine kleine Band zum Tanz auf. Endlich konnte Peter einmal seine durchaus beachtlichen tänzerischen Qualitäten mit seiner Frau ausprobieren. Das Ergebnis war überaus zufriedenstellend, sie passten auch in dieser Hinsicht hervorragend zusammen. Peter forderte nun die kleine illustre Gesellschaft auf, es ihnen gleich zu tun.

Als sich dann fast alle in Tanz-Kreisen drehten, nutzte Peter die Gelegenheit mit seiner Frau zu verschwinden, denn er hatte noch eine kleine Überraschung für sie parat, die er sich ausgedacht hatte. Er führte sie in einen abgeschiedenen Winkel des Grundstückes und da stand der Campingbus, mit den beiden Paddelbooten auf dem Dach und den beiden Pedelecs auf dem Fahrradträger. Der Familien-Anwalt, Herr Steinhardt hatte ihn bei der Staatanwaltschaft losgeeist. Cornelia fiel Peter freudestrahlend um den Hals, als er ihr den Blumengeschmückten Autoschlüssel übergab.

„Peter", sagte sie zu ihm, „das ist das schönste Geschenk, dass du mir machen konntest, der Bus ist der einzige Besitzstand, den ich noch habe, komm lass uns hier verschwinden, ich fürchte, die Presse hat von unserer Vermählung erfahren, wird hier bald auftauchen und dass Haus die nächsten 14 Tage belagern."

Cornelia sollte recht behalten, kaum waren sie auf der Straße, da kamen ihnen schon die Haie der Boulevardpresse entgegen. Peter, der am Steuer saß, bog kurzerhand in eine Seitenstraße ab und der Spuk war vorbei.

„Sag mal, hast du Geld und Papiere dabei?", fragte ihn Cornelia.

„Nein", sagte Peter und hielt in einer Parklücke an, „aber ich rufe gleich Werner an, der bringt uns was wir brauchen hierher. In einer halben Stunde kam Werner mit all den Gewünschten Sachen vorbei und brachte noch ein Sicherheitshandy mit, die Hochzeiter zogen sich um und Werner nahm die Hochzeitkleider gleich wieder mit. Damit verlor sich ihre Spur für ein paar Wochen, sie hatten sich einfach mal selber aus dem Verkehr gezogen.

„Was machen wir den nun", fragte Cornelia.

„Ich habe da so eine Idee, wir mieten uns an der Havel ein Floß, stellen deinen Bus drauf und ab geht's."

„Tolle Idee, habe ich auch schon gesehen, die stellen auf die Flöße einfach ihre Wohnwagen oder Wohnmobile drauf und fahren auf dem Wasser weiter."

„Genau, da kann uns dein Stalker >*mal auf der Mecklenburger Seenplatte besuchen* <, ich rufe gleich noch Werner an und sage ihm Bescheid, dass wir drei Wochen lang nicht gestört werden möchten."

„Sehr gut, so eine Hochzeitsreise habe ich mir schon immer gewünscht, ich brauche kein Venedig um glücklich zu werden, ich muss aber auch noch ein wenig an meiner Dissertation weiterarbeiten, wenn du einverstanden bist."

„Na klar, ich wollte schon immer mal mit einer Frau Doktor verheiratet sein."

„Dann musst du mich aber in Zukunft auch immer so anreden", schelmte sie mit ihm.

Peter rief einen Verscharterer an und bestellte das Floß, dann gingen sie Getränke- und Lebensmittel einkaufen und verschwanden unauffindbar in den Kanälen, Seen und Wasserstraßen der deutschen Binnenwasser-Straßensysteme.

Drei Wochen relaxen, schwimmen, Bücher lesen, Rad fahren, paddeln, abends grillen und eine gute Flasche Rotwein – was braucht der Mensch noch mehr zum glücklich sein und was sie sonst noch so taten, kann sich ja jeder denken? Da wollen wir dann nicht weiter neugierig sein, soviel aber ist gewiss, dass die Natur es immer wieder schafft, zwei Menschen glücklich zu vereinen, um den Fortbestand der Spezies zu sichern.

Als sie wieder zuhause waren, lag die Klageschrift wegen des Tötungsdeliktes vor, aber einen Prozesstermin gab es noch nicht. Die Untersuchung der Brandursache am Gärtnerhaus hatte ergeben, dass ein Brandbeschleuniger verwendet worden war. Ein Täter konnte jedoch nicht ermittelt werden. Peter stürzte sich wieder in die Arbeit, denn er konnte nicht ewig seinen im Arbeitsleben ergrauten Vater, für sich einspringen lassen. Auch Cornelia nahm ihr Studium wieder auf, sie hatte viel nachzuholen, denn der Stalker hatte an ihren Nerven gezerrt, sodass sie sich lange Zeit nicht richtig auf die Arbeit konzentrieren konnte. Hinzu kamen Entscheidungen, die seitens ihrer Hausverwaltung, bezüglich der Reparatur-Arbeiten an ihrem zerstörten Haus, anfielen. Die Gutachter der Feuerwehr hatten festgestellt, dass der Gasanschluss unsachgemäß repariert worden war. Die Ermittlungen der Polizei hatten keine weiteren Ergebnisse erbracht und man nahm an, dass die >Reparatur< vom Wohnungsbesitzer ausgeführt worden war. Natürlich berief sich die Versicherung auf diesem Umstand und verweigerte die Leistung. Peters Vater Walter hatte sich der Sache angenommen und tat was er konnte. Da das Haus zurzeit unbewohnbar war, hatten die Wohnungsinhaber sich andere Wohnungen gesucht oder waren bei Verwandten untergekommen. Die Umzugs- und oder Mehrkosten für die teureren Ersatzunterkünfte gingen natürlich zu Lasten der Hausbesitzerin Frau Hermann-Berger, und wenn sich kein wirklich Schuldiger fand, würde sich daran auch nichts mehr ändern. Cornelia half den Betroffenen und unterstützte sie finanziell, einige konnte sie in frei gewordenen Wohnungen in ihren anderen Häusern unterbringen. Um die Gesamtkosten in Grenzen zu halten und auszugleichen schlug Walter vor, das ganze Gebäude in Eigentums-Wohnungen umzuwandeln. Das schien auch Cornelia und Peter am Sinnvollsten zu sein, deshalb beauftragten sie einen Architekten mit der Planung. In der Frage eines anzustrengenden Prozesses gegen die Versicherung, riet der Hausanwalt der Familie, Herr Steinhardt erst mal eine Anfangsforderung zu stellen, um dann bis zu einem Urteil gegen oder für Cornelia abzuwarten. Je nachdem wie es ausging, würde sich die Versicherung dann eventuell auch ohne Klage zu einer Zahlung entschließen. Wenn das nicht der Fall wäre, könne man immer noch klagen.

Das Jahr ging zu Ende, aus Cornelia Berger war Frau Dr. Hermann-Berger geworden. Der Stalker hatte anscheinend aufgegeben oder war wegen der Erfolglosigkeit seines Beginnens abgetaucht, weil er Gefahr lief entdeckt zu werden. Außerdem musste er befürchten, für die Schäden und die strafrechtlichen Folgen zur Verantwortung gezogen zu werden. Cornelia und Peter wohnten in Peters „bescheidener Hütte", erfreulicher Weise machte der Neuaufbau des Gärtnerhauses gute Fortschritte, sodass man bald umziehen konnte. Cornelia hatte schon mal in die Firma ihres Schwiegervaters hineingerochen und war zu dem Ergebnis gekommen, dort vorläufig als freiberuflich, psychologische Beraterin tätig zu werden und ihr Studium in dieser Fach-Richtung fortzusetzen. Die Idee war einfach, doch überzeugend, Peter und Walter hatten den Faden den Cornelia spann gleich aufgenommen und weitergesponnen. In ihrem Firmenconsulting fehlte eine Fachkraft, welche die überwiegend kaufmännische Ausrichtung in dieser Richtung ergänzte. Man hatte eben nicht nur mit Geld und Geschäften zu tun, sondern auch mit Menschen und Menschenführung. Bisher war es niemanden aufgefallen, nun aber, nachdem Cornelia diese Lücke entdeckt hatte, nahm man sich vor diesen Teil der Beratung mehr zu gewichten. Gleichzeitig stürzte sie sich mit Eifer in ihr zweites Studienfach, weil sie plötzlich auch den Lebensweg, der vor ihr lag, besser sehen und verstehen konnte. Die Winke des Schicksals hatten ihn ihr vorgezeichnet, sie musste ihm nur feinfühlig folgen.

***

Kapitel 14 Der 1. Prozess die Gasexplosion

Die Verhandlung in der Strafsache gegen Frau Dr. Cornelia Berger-Hermann als Wohnungsinhaberin und Eigentümerin des Mietshauses, wegen einer fährlässig verursachten Gasexplosion, stand an. Als Zeugen waren auch ihre ehemalige WG-Partnerin Renate Michaelis, Werner Saalmann und der Meister einer Installationsfirma, Herr Vogt vorgeladen worden. Der Richter eröffnete das Verfahren, Staatsanwalt Gerlach verlas seine Anklageschrift in der von einem Stalker keine Rede war. Das hatte sich schon angedeutet und Cornelias Anwälte waren darauf eingestellt. Gerlach wollte eine Vorverurteilung von Cornelia, damit er mit einer schon einmal straffällig gewordenen Angeklagten in der zweiten Strafsache, dem Tötungsdelikt ein leichtes Spiel haben konnte. Der Angeklagten wurde vorgeworfen, dass sie leichtfertig eine Reparatur an einer Gasleitung durchgeführt hatte, die nur von einem zugelassenen Meisterbetrieb hätte ausgeführt werden dürfen. Der Staatsanwalt legte als Beweisstück Nr. 1 eine Rohrzange vor und fragte Cornelia ob sie diese Zange kennen würde. Cornelia sagte wahrheitsgemäß, dass sie diese Rohrzange nicht bewusst kennen würde. Aber ihr Großvater, der ein begnadeter Handwerker war, hatte ihr einen großen Handwerkzeug Pool hinterlassen. Seine Profession war es gewesen, fast alle Reparaturarbeiten an seinen Mietshäusern selbst auszuführen. Durch diese Kostenersparnisse hatte er immer weitere Mietshäuser kaufen können, war dadurch sein eigener Arbeitgeber gewesen und sei so zu seinem Wohlstand gekommen. Der Staatsanwalt fragte, wo die Werkzeuge gelagert worden waren.
„Ich habe in meinem Haus, welches mein Großvater als erstes erworben hatte, einen großen Kellerraum, der ihm als Werkstatt diente und der heute noch genauso erhalten ist, wie ihn mein Großvater verlassen hat als er starb.‟

„Ist der Raum ordentlich verschlossen?", fragte der Staatsanwalt.

„Ja, soviel ich weiß schon."

„Wann haben sie das zuletzt kontrolliert?"

„Ich stellte dort immer mein Fahrrad ab, wenn ich von der Uni kam."

„Wann war das zuletzt?"

„Am letzten Tag zum Semesterende."

„Und sie waren seither nicht mehr in diesem Raum gewesen?"

„Nein."

„Frau Dr. Berger-Hermann, wie erklären sie sich, dass gerade mit dieser hier auf dem Tisch liegenden Rohrzange eine unsachgemäße Reparatur an der Gaszuleitung in ihrer Wohnung ausgeführt worden ist?"

Hier griff zum ersten Mal ihre Verteidigerin, Frau Borchert ein: „Herr Staatsanwalt, auf diese Frage hin muss meine Mandantin keinerlei Vermutungen anstellen."

„Gut, Frau Dr. Berger-Hermann, haben sie die Reparaturarbeiten mit dieser Rohrzange ausgeführt?"

„Nein."

Dann legte der Staatsanwalt sein zweites Beweisstück vor. Es handelte sich um ein Messing-Fitting, auf dem konnte man die Werkzeugspuren genau dieser Rohrzange erkennen.

„Frau Dr. Berger-Hermann, mit diesem Rohrfitting wurde mit ihrer Rohrzange, die aus ihrem Werkstattkeller stammt, die Reparatur an der Rohrleitung ausgeführt. Behaupten sie immer noch, dass sie die Reparatur nicht ausgeführt haben?"

„Ja, ich habe keinerlei Arbeiten an der Rohrleitung ausgeführt. Ich habe nie bemerkt, dass an der Gasanlage etwas kaputt war, woher sollte ich wissen, dass da ein Defekt war?

Jetzt legte Frau Borchert zahlreiche Rechnungen verschiedener Reparaturarbeiten an Installationen vor, die im Laufe der Jahre zusammengekommen waren.

„Herr Richter", sagte sie, "diese Rechnungen beweisen, dass meine Mandantin nie irgendwelche Reparaturen selbst ausgeführt hat."

Der Staatsanwalt ließ nun die Zeugin Renate Michaelis in den Saal rufen.

„Frau Michaelis, wussten sie, dass an der Gasleitung ein Defekt vorhanden war?"

„Nein, aber in der letzten Zeit, als ich noch dort wohnte, hatte ich das Gefühl es würde immer ein wenig nach Gas riechen."

„Haben sie Frau Dr. Berger-Hermann jemals mit einer Rohrzange oder anderem Werkzeug hantieren sehen?"

„Ja, sie reparierte einmal den verstopften Siphon unter dem Abwaschtisch."

Sie können sich also nicht erklären, wie es zu der Gasexplosion kommen konnte?"

„Nein."

„Sie haben doch sicher zugeschaut als Frau Dr. Berger-Hermann den Siphon reinigte, hat sie dabei eine Rohrzange benutzt."

„Ja, aber nicht so eine große, es war eine kleine verstellbare Rohrzange."

„Gut, Frau Anwältin, haben sie noch Fragen an die Zeugin?" beendete der Staatsanwalt seine Befragung.

„Ja, - woher kennen sie ein solches Werkzeug, dass sie gerade beschrieben haben Frau Michaelis?"

„Ich studiere Mechatronik."

Frau Borchert stellte nun den Antrag gegen Renate Michaelis ebenfalls zu ermitteln. Sie hätte die Reparatur ebenso ausführen können, ja sie war technisch eher dazu in der Lage, als Frau Dr. Berger-Hermann, deshalb sagte sie:

„Sie hätten auf Grund ihres Berufsbildes genauso gut die Möglichkeit gehabt, diese Reparatur auszuführen."

Zum ersten Mal meldete sich der Richter und entließ die Zeugin Renate Michaelis mit der Weisung sich im Flur zur weiteren Verfügung zu halten. Als sie den Saal verlassen hatte, fragte er in Richtung des Staatsanwalts, ob die Polizei auch in diese Richtung ermittelt hätte.

Der Staatsanwalt schaltete sich sofort wieder ein:

„Dazu werden wir gleich noch den Gutachter hören."

Dann legte er die Beweise 3 und 4 vor.

„Herr Richter, dies hier ist ein kleines Stück Hanf, dass die Ermittler im Abfalleimer in der Wohnung von Frau Dr. Berger-Hermann gefunden haben. Im durch die Explosion zerdrückten Papierkorb fanden wir diese Quittung eines Baumarktes. Es handelt sich um den Einkauf eines Rohrfittings, genauso eines Rohrfittings, wie er zur Reparatur der Gasleitung verwendet wurde."

Im Gerichtssaal, in dem bisher gespenstische Ruhe geherrscht hatte, hörte man ein erstauntes „oh" und leise, durch die Zähne zischende Luft, offenbar waren die meisten Zuhörer zu der Ansicht gekommen, dass sich langsam die Schlinge um Cornelias Hals zuzog. Frau Borchert nutzte die entstandene Pause zu einem Antrag:

„Herr Richter, diese neuerlichen Beweise hat der Staatanwalt bisher verschwiegen, ich möchte mich mit meiner Mandantin beraten."

Der Richter, ein älterer jovialer Herr an der Pensionsgrenze, zeigte Verständnis und kündigte eine Pause von einer halben Stunde an.

„Cornelia, haben sie uns etwas verschwiegen?", begann sie ihr Verhör.

„Nein natürlich nicht."

„Alles spricht gegen sie, die Beweise sind erdrückend, es kommt jetzt nur noch auf den Gutachter an und wenn kein Wunder geschieht, kommt es zur Verurteilung, es ist besser, wenn sie die Wahrheit sagen, dann könnten wir eventuell eine Geldstrafe erwirken."

„Frau Borchert, ich wundere mich darüber, dass in dem ganzen Verfahren nicht über den Stalker gesprochen wird. Es ist doch ganz eindeutig, dass er diese Explosion ausgelöst hat."

„Frau Dr. Berger-Hermann, ich glaube ihnen ja, doch, wenn wir in diesem Prozess den Stalker ins Spiel bringen, berauben wir uns der Möglichkeit, sie dann im Tötungsdelikt-Prozess als von einem Gericht verurteiltes Opfer darzustellen. Ich habe mir das genau überlegt, sie bekommen hier höchstens eine Bewährungsstrafe von ein bis zwei Monaten auf Bewährung. Viel wichtiger ist es den Tötungs-Prozess zu gewinnen, da droht dann schon eine Gefängnisstrafe von bis zu einem Jahr. Wir müssen unbedingt den Stalker finden, dann erledigt sich diese Sache hier von allein."

Die Pause war beendet, der Richter rief zuerst den Handwerksmeister als Zeugen auf und Frau Borchert fragte ihn:

„Herr Vogt, kennen sie Frau Dr. Berger-Hermann?"

„Nicht persönlich, ich erhielt die Aufträge immer von der Hausverwaltung"

„Ist ihnen oder ihren Angestellten jemals aufgefallen, dass eine andere Firma als ihre, Arbeiten an den Installationen ausgeführt hat."

„Nein, nach meiner Einschätzung wurden alle Arbeiten immer an uns vergeben."

„Herr Vogt, ist ihnen oder ihren Angestellten jemals aufgefallen, dass von Mietern oder Frau Dr. Berger-Hermann Installationen verändert wurden?"

„Einige Mieter haben schon einige kleinere Reparaturarbeiten gemacht, z. B. eine Waschmaschine angeschlossen oder ein verstopftes Abflussrohr gereinigt."

„War das auch in der Wohnung von Frau Dr. Berger-Hermann."

„Das weiß ich nicht", sagte der Meister, ich komme nur in die Wohnungen hinein, wenn dem Hausmeister ein Schaden gemeldet wird, der ruft mich an und wir besprechen die auszuführenden Arbeiten."

Der Staatsanwalt fragte nun:

„Haben sie jemals bemerkt, dass an den Gasleitungen unbefugte Veränderungen durchgeführt wurden?"

„Nein nie."

„Herr Richter, Herr Staatsanwalt", meldete sich Frau Borchert wieder, „in diesem Prozess wurde nie die Frage gestellt, aus welchem Grund eine solide Stahlmuffe, gegen eine Messingmuffe ausgetauscht wurde. Es ging immer darum, wer diese Muffe ausgetauscht hat. Ich frage deshalb Herrn Vogt, ob es Gründe gibt oder gab die Muffen auszutauschen?"

„In Gasleitungssystemen werden in der Regel keine Messingfittings verarbeitet, weil sie beim Verschrauben reißen oder durch Elektrolyse zerstört werden können", erklärte Herr Vogt.

„Was heißt das >in der Regel<", fragte Frau Borchert.

„Ja – Endstücke wie Stutzen, wo z. B. Gasschläuche angeschlossen werden, sind meistens aus Messing, ich sehe auch keinen Grund, warum diese Stahlmuffe gegen eine Messingmuffe getauscht wurde.", erläuterte Herr Vogt,

„Es sei denn, jemand wollte diese Gasexplosion herbeiführen, dann muss er ein erhebliches technisches, handwerkliches Wissen gehabt haben oder es sich beschaffen können", erklärte Herr Vogt.

Danach rief der Richter den Zeugen Werner Saalmann auf:

„Herr Saalmann", sagte er zu ihm, „erzählen sie uns doch mal wie das war, wodurch könnte die Explosion ausgelöst worden sein."

„Ich bin zurzeit der persönliche Bodyguard von Frau Dr. Berger-Hermann und ihr ständiger Begleiter, wenn sie das Haus verlässt. Als ich sie von der Uni abholte, wollte sie noch zu ihrer Wohnung um sich ein paar Sachen zu holen, denn sie wohnt ja jetzt bei ihrem Ehemann. Als wir ankamen, sagte ich zu ihr, ich wolle erst einmal die Sicherheitslage im Haus und in ihrer Wohnung überprüfen. Sie gab mir den Wohnungs-Schlüssel, ich ging hoch, schloss die Eingangstür auf und machte sie nur einen Spalt weit auf. Dann griff ich durch den Spalt und drückte auf den Lichtschalter, ja und dann gab es einen gewaltigen Schlag, der die Tür wieder zuschlug und ich stürzte zu Boden. Gottseidank hatte ich die Hand nicht mehr im Türspalt, sonst wäre sie jetzt ab."

Der Staatsanwalt hakte sofort ein und fragte:

„Also, Frau Dr. Berger-Hermann hat sie vorgeschickt?"

„Nein, ich bin ihr Sicherheitsmann und deshalb machte ich erst mal einen Kontrollgang."

„Aber Frau Dr. Berger-Hermann wusste doch, dass sie immer erst einmal vorgehen um die Sicherheitslage zu prüfen, ist das richtig?"

„Ja, das ist richtig, aber damals wollte sie gleich mit hinauf und ich sagte, sie solle im Auto bleiben, bis ich alles überprüft habe", sagte Werner.

Der Richter meldete sich wieder:

„Hat die Verteidigung noch Fragen an den Zeugen?"

„Nein, danke", sagte Frau Borchert.

Der Richter rief nun den Gutachter in den Saal, der wie immer in solchen Fällen langatmig seine Erkenntnisse zelebrierte.

„Meine Damen und Herren", eröffnete er seine Erklärungen. „Ich beginne mit der Rohrzange. Sie gehören zu einem Werkzeugset von drei Zangen, die eindeutig zusammengehören.

Also, eine kleine- und zwei größere Rohrzangen. Hergestellt wurden sie noch vor dem Ersten Weltkrieg. Die größte Zange wurde auf Grund der Einkerbungen an der Messingmuffe als diejenige erkannt, mit der die Messing-Muffe eingebaut worden ist. An dieser Stelle war vorher eine alte Eisenmuffe vorhanden, die entfernt wurde, um sie durch die Messingmuffe zu ersetzen. Die beiden Enden der Rohrstücke sind mit einer Hanfwicklung versehen worden, der Hanf stammt übrigens auch aus dem Werkzeugkeller. Weil kein Gleitmittel verwendet wurde, platzte dann der Messingflansch beim Aufschrauben der Messingmuffe und riss bis zur Mitte der Muffe ein. Aus dem Riss trat dann nach und nach so viel Gas aus, das beim Einschalten des Lichtschalters die Explosion ausgelöst wurde."

Der Staatsanwalt vermutete, dass sich Cornelia die Explosion wegen eines Umbaus des Gebäudes zu Eigentumswohnungen ausgedacht hatte, sich aber darüber nicht klar war, welch eine gewaltige Auswirkung sie haben würde, deshalb erklärte er: „Ich beantrage, dass Frau Dr. Berger-Hermann noch einmal zu dieser Angelegenheit eine beeidigte Aussage macht."

Der Richter lehnte den Antrag ab:

„Herr Staatsanwalt, befragen sie doch Frau Dr. Berger-Hermann in der Sache selbst, ich sehe keine Notwendigkeit zu einer Vereidigung", wandte Frau Borchert ein.

„Frau Dr. Berger-Hermann", meldete sich nun der Staatsanwalt, „sie hatten doch vor die Mitwohnungen in Eigentumswohnungen umzuwandeln, da kam ihnen die Explosion doch gerade zu pass?"

„Stopp, Herr Staatsanwalt", rief Frau Borchert dazwischen, „das sind haltlose Vermutungen und Unterstellungen, die Idee zur Umwandlung hatte ihr Schwiegervater Herr Walter Hermann, aber erst nach der Zerstörung des Hauses, er ist ein bestbeleumundeter Geschäftsmann in unserer Stadt. Erst nach der Explosion, kümmerte er sich um den Wiederaufbau des Hauses und schlug diese Umwandlung vor. Ich beantrage seine Befragung."

„Dies ändert nichts an meiner Vermutung, dass sich Frau Dr. Berger-Hermann' s Gedankengänge in diese Richtung bewegten," erwiderte der Staatsanwalt", nur ist ihr die Sache dann aus dem Ruder gelaufen. Frau Dr. Berger-Hermann, nennen sie mir bitte einen einzigen, anderen Grund, weshalb sie die Gasleitung manipuliert haben? Denn, wie wir vom Gutachter gehört haben, handelt es sich nicht um eine Reparatur der Gasleitung, sondern um eine gezielte Manipulation, die aber sehr geschickt ausgeführt worden war. Der Täter hat die ehemals vorhandene Stahlmuffe gegen eine Messingmuffe ausgetauscht, die dem Anpressdruck nicht standgehalten hat und beim Verschrauben einen Riss bekam, aus dem danach das Gas ausgeströmt war. Ich gehe sogar noch einen Schritt weiter, Frau Dr. Berger-Hermann hat Herrn Werner Saalmann vorangehen lassen, sie wusste genau, dass er die Explosion auslösen würde. Damit hat sie billigend in Kauf genommen, das Herr Saalmann und weitere Personen hätten getötet werden können."

Ein Aufschrei ging durch den Gerichtssaal, aus Cornelia, die bisher der Verhandlung ruhig gefolgt war, brach aller Frust der sich angesammelt hatte hervor, als sie schrie:
„Das ist eine infame Lüge, ich habe diese Muffe nicht gekauft und auch nicht ausgetauscht, die kleinere der Rohrzangen hatte ich schon mehrmals benutzt, um den Siphon zu reinigen, sie lag immer unter dem Spültisch."

Im Gesicht des Staatsanwalts' s ging die Sonne auf, nun schlug er ein weiteres Mal zu:
„Sie konnten also mit einer Rohrzange umgehen, das haben sie ja eben zugegeben."

„Ich wurde nie gefragt ob ich es kann, viele Frauen können das, bis sie heutzutage einen Installateur auftreiben, ist in der Küche der Schwamm eingezogen, wenn man solche Kleinigkeiten nicht selber macht", sagte Cornelia.

„Aha, dann waren sie also auch in der Lage eine Muffe auszutauschen?" unterstellte der Staatsanwalt.

„Nein, ich habe Philosophie studiert."
 In dem Moment hatte Cornelia eine furchtbare Ahnung – Renate studierte doch einen technischen Beruf, aber sie verwarf diese Idee sofort wieder, Renate hatte zum fraglichen Zeitpunkt keinen Zugang mehr zu ihrer Wohnung und konnte daher die Manipulation nicht durchgeführt haben.
„ich habe weder die technischen Fähigkeiten, noch das handwerkliche know how, um so eine komplexe, zur Explosion führende Situation vorzubereiten."

In dem Moment griff Frau Borchert ein, sie mutmaßte, dass die Polizei wieder einmal schlampig ermittelt habe, denn sie konnte ja einen Täter vorführen, warum sollte sie bei der Überlastung in diesem Beruf noch weiter ermitteln. Sie setzte noch eins drauf, indem sie erwähnte, der Herr Staatsanwalt solle nun wohl besser mit seinem Plädoyer beginnen. Der Richter war der gleichen Ansicht und der Staatsanwalt stimmte dem zu.

„Alle Fakten sprechen dafür, dass die Explosion von Frau Dr. Berger-Hermann in der Absicht herbeigeführt wurde, ihr Mietshaus in Eigentumswohnungen umzuwandeln.
Die dazu benutzte Rohrzange stammt aus ihrem Besitz. Ebenso der verwendete Hanf und ganz eindeutig ist die Quittung über den Einkauf der Messingmuffe, die in der Wohnung

gefunden worden ist. Frau Dr. Berger-Hermann hat selbst zugegeben mit einer Rohrzange umgehen zu können. Sie hat aus Habgier gehandelt und billigend in Kauf genommen, dass bei ihrer Aktion Menschenleben in Gefahr gerieten, ich beantrage daher eine Freiheitsstrafe in Höhe von einem Jahr ohne Bewährung."

Jetzt war Frau Borchert an der Reihe.

„Meine sehr geehrten Damen und Herren, ich muss zugeben, dass viele Fakten so erscheinen, als ob die Explosion von Frau Dr. Berger-Hermann absichtlich herbeigeführt wurde. Weil er keine anderen Tatgründe findet, versucht der Herr Staatsanwalt nur einen einzigen Grund herbeizureden, nämlich die Umwandlung in Eigentumswohnungen. Das könnte durch die Aussage des Schwiegervaters Herrn Hermann eindeutig widerlegt werden, aber man hat ihn ja nicht befragt. Die Rohrzange hätte auch ein anderer benutzen können, so z. B. der Hausmeister, der Zugang zu allen Kellerräumen hatte, aber von der Polizei ebenfalls nicht befragt wurde. Was die Quittung angeht, gilt das Gleiche, jeder hätte die Muffe im Baumarkt kaufen können und die Quittung dann in den sehr stabilen Papierkorb legen können, ja ich mutmaße hier mal, der wirkliche Täter wusste genau, dass sie in diesem Behälter die Explosion >überleben< würde. Dass Frau Dr. Berger-Hermann selbst zugegeben hat, mit einer Rohrzange umgehen zu können, spricht eher für als gegen sie, das heißt aber noch lange nicht, dass sie auch einen so raffinierten, komplexen Ablauf in der Planung und Ausführung des Tatherganges sich hatte ausdenken und durchführen können. Der Täter muss mit einer sehr hohen technischen und vor allem kriminellen Energie ans Werk gegangen sein, die ich meiner Mandantin nicht zugestehe. Sie ist eine unbescholtene Frau, die sich in Liebe einem

Mann wie Peter Hermann zugewandt und ihn inzwischen geheiratet hat. Sie hat das Glück ihres Lebens gefunden, warum sollte sie es wieder zerstören – aus Geldgier – sicher nicht, sie ist eine wohlhabende junge Dame, die vor Kurzem ihr Studium der Philosophie mit einem Doktorgrad beendet, und gerade ihren ersten Job angetreten hat. Zusätzlich studiert sie noch ein anderes Fachgebiet, die Psychologie. Falls es doch zu einer Verurteilung kommt, bitte ich das Gericht strafmildernd zu berücksichtigen, dass Frau Dr. Berger-Hermann geholfen hatte, für alle Betroffenen eine neue Bleibe zu finden und dass sie die meisten Kosten selbst übernommen hat. Ich beantrage aus den vorgetragenen Gründen einen Freispruch für meine Mandantin."

„Das Gericht zieht sich zur Beratung zurück", verkündete der Richter. Nach einer halben Stunde kam der Richter mit seinen Schöffen zurück und verkündete das Urteil.

„Im Namen des Volkes wird ergeht folgendes Urteil."

„Die Angeklagte wird zu einer Freiheitsstrafe von drei Monaten verurteilt, die Strafe wird zur Bewährung ausgesetzt."

Dann erläuterte er:
„Zur Begründung hier nur so viel, das Gericht geht davon aus, dass Frau Dr. Berger-Hermann ohne Vorsatz gehandelt hat, die Beweislage ist jedoch so eindeutig, dass das Gericht eine Bestrafung wegen der unsachgemäß ausgeführten Reparatur verhängen musste. Strafmildernd wurde berücksichtigt, dass Frau Dr. Berger-Hermann sich um die Geschädigten gekümmert hat und fast alle Kosten für Hotels, Umzüge und andere Nebenkosten übernommen hat. Alles Weitere können sie später in der schriftlichen Urteilsbegründung nachlesen. Die Verhandlung ist geschlossen."

Es war also genau so gekommen wie es Frau Borchert vorhergesehen hatte.

„Danke", sagte Cornelia, „ihr Plan scheint ja aufzugehen, wie haben sie das gemacht?"

„Ich habe den Staatsanwalt machen lassen und er ist selbst in die Fußangeln hineingestolpert, die er für sie ausgelegt hatte."

„Sie meinen, er hat zu arg aufgetragen und wir waren nur bescheiden und ehrlich, das zeigte beim Gericht Wirkung."

„Ja, es ist manchmal besser weniger zu sagen und wenn man ein paar kleine Dinge zugibt, wie die Sachen mit den Rohrzangen, macht das vor Gericht einen guten Eindruck und schafft Vertrauen, ich hatte nur Bedenken, dass ihr Ausbruch wegen der ungerechtfertigten Beschuldigungen des Staatsanwaltes ausbleiben würde, aber ich habe absichtlich nichts zu ihnen gesagt, ich dachte mir, so wie der auftrumpft müssen sie irgendwann explodieren und so ist es dann ja auch passiert, das haben sie Klasse gemacht. Aber die Wirkung war durchschlagend, normalerweise stoppen Richter solche Ausbrüche, doch in dem Fall war ihre Entrüstung ein Beweis dafür, dass sie nicht arglistig gehandelt hatten."

„Warum bin ich dann nicht freigesprochen worden?"

„Das Gericht konnte nicht anders, die Faktenlage war zu eindeutig, es musste eine Strafe verhängen."

„Das hört sich irgendwie so an, als ginge es darum diesen Fall vom Tisch zu bekommen. Nach dem Motto, den richtigen Täter finden wir nicht, also bestrafen wir einen anderen, denn die Gesellschaft verlangt danach, dass jemand schuld sein muss."

„Ja, so ungefähr, aber wir werden in Berufung gehen, dass dauert einige Zeit bis es soweit ist und vielleicht erwischen wir bis dahin den Stalker."

***

Kapitel 15 Alltag

Cornelia und Peter begegneten sich jetzt oft in der Firma, gleichzeitig studierte sie weiter Psychologie. Peter und Walter waren in ihrer Freizeit noch mit dem Neubau des Gärtnerhauses beschäftigt und ihre Frauen leisteten ihren Beitrag zu den Dingen, für die eher Frauen zuständig sind. Der Bau machte gute Fortschritte und ging seiner Fertigstellung entgegen. Die Sicherheitsvorkehrungen wurden weiterhin aufrechterhalten, doch der Stalker ließ sich nicht mehr blicken. Die Familie nahm an, dass er nach der Heirat von Cornelia und Peter aufgegeben hatte, denn das Kalkül war ja dem Stalker mit der Vermählung anzuzeigen, dass er verloren hatte. Seine letzten Versuche konnte man als Racheakte deuten, die letztendlich fehlgeschlagen waren. Werner riet aber weiterhin zur Vorsicht und mahnte an, die Augen offen zu halten. Bei der Umgestaltung des Miethauses in Eigentumswohnungen gab es ebenfalls Fortschritte, einige frühere Mieter kauften ihre Wohnungen, andere waren weggezogen, oder in Cornelias anderen Häusern untergekommen. Die Ermittlungen der Polizei bezüglich des Stalkers blieben im Unklaren. In den Aufzeichnungen waren zwar ein paar verdächtige Personen zu erkennen, doch die Ermittlungen zeitigten keine Ergebnisse. Auch die Ketteringfirmen waren überprüft worden, die zusätzlich für die Hochzeit angeheuerten Personen wurden überprüft, in der Hauptsache waren es Studenten, die vorrübergehend eingestellt wurden, doch sie lebten alle in ordentlichen, gesicherten Verhältnissen und man fand keine Auffälligkeiten. Die Versicherung lehnte die Kostenübernahme für die Zerstörung durch die Explosion des Wohnhauses, wegen der erwiesenermaßen unsachgemäßen Reparatur ab. Sie berief sich auf das Gerichtsurteil, das war zwar immer noch nicht rechtskräftig, weil noch eine Berufung gegen das Urteil anstand, doch bekanntermaßen drücken sich Versicherungen gern beim Bezahlen, wenn sie ein

„Haar in der Suppe" finden können. Der Familienanwalt, Herr Steinhardt, hatte die Forderung gegen die Versicherung gestellt und nach deren Ablehnung den Einspruch mit der Drohung verbunden, einen Prozess anzustrengen. Auch die Feuerversicherung hatte die Schadensersatzansprüche bis zur Klärung, wer den Brand gelegt hat, formal abgelehnt. Hier war die Sachlage eine andere, wenn der Täter nicht ermittelt werden konnte, musste sie in jedem Fall zahlen. Die Rechtslage war etwas verworren, weil gegen die Ehefrau von Peter Hermann ein vorläufiges Urteil bestand, vermutete man, dass sie auch in diesen Fall verwickelt war. Hier musste man ebenfalls abwarten, es hing eben alles davon ab, ob man den Stalker erwischen würde. Der war jedoch abgetaucht und im Gegensatz zur Familie Hermann vermutete Werner, dass er mit seinen Taten genau das erreicht hatte, was er beabsichtigt hatte. Wenn man es genau betrachtete, hatte er der Familie so viel Schaden zugefügt, das sie auf viele Monate mit den anhängenden Gerichtsverfahren gegen Cornelia und den Aufräumarbeiten beschäftigt war. Letztendlich musste er auch damit rechnen erkannt zu werden und in diesem Fall, würde man ihn zur Verantwortung ziehen, was sein Leben nachhaltig zerstören würde.

Doch das Leben ging weiter, Cornelia und Peter lebten ihren Honigmond und hatten wieder Freude am Leben. Im Sommer gingen sie morgens vor dem Frühstück, dass die Familie gemeinsam einnahm, im Pool baden - mittags gab es einen Snack im Büro oder an der Uni und abends ließ es sich Gerlinde nicht nehmen für alle zu kochen. Das würde wohl auch so weitergehen, bis das junge Glück einen eigenen Hausstand gründen konnte, denn bis zum Herbst sollte ja der Neubau bezugsfertig sein.

Glückspilze

Lacht dir Glück mit holden Blicken,
denk nicht zu lange drüber nach,
du musst dich danach bücken,
bevor' s ein andrer aufgehoben hat.

Rei©Men

An den Wochenenden fuhren sie meistens an die Berliner oder die Havelseen, paddelten, segelten oder fuhren mit ihren Pedelecs durch die blühende Landschaft. Cornelia erholte sich langsam von den Strapazen, blühte mit der Zeit richtig auf, doch, - wenn man genau hinschaute, hatten die vergangenen Monate in ihrem einst so offenen, fröhlichen Gesicht Spuren hinterlassen. Um ihre Augen und Mundwinkel waren die mädchenhaften, unbekümmerten, jugendlichen Züge verschwunden und hatten einen harten, entschlossenen Ausdruck bekommen. Jedes Mal, wenn sie beide am Anlegesteg des Bootshauses schwimmen gingen, entstand eine gewisse Spannung, unwillkürlich sahen sie sich um, ob sie nicht wieder so ein Verrückter mit einem Motorboot überfahren wollte. Wenn sie segelten, was sie bei gutem Segelwind oft taten, schauten sie jedes Motorboot kritisch an, ob es auch die Kollusion-Verhütungsregeln einhalten würde, doch die Besorgnis war unbegründet, der Stalker war offensichtlich ein intelligenter Typ, der sich immer wieder etwas Neues einfallen ließ. Das war natürlich kein Persilschein für Sorglosigkeit, doch sie sagten sich:

Der Neubau wurde langsam fertig, sie waren voll damit beschäftigt ihr Haus zu möblieren und sich einzurichten. Peters 29zigster Geburtstag stand bevor, Gerlinde hatte viel zu tun, Gäste wurden eingeladen, natürlich nur die engsten Verwandten und Freunde. Cornelia überlegte sich, was sie ihrem Peter schenken sollte. Was schenkt man einem Menschen, der schon alles besitzt? Materielles kam da wohl eher nicht in Frage, aber sie hatte sich doch etwas Besonderes einfallen lassen und weil sie wusste, dass er Lyrik mochte schrieb sie ihm ein kleines Gedicht:

Was ich Dir wünsche:

Zu deinem, lieben Wiegenfeste,
Wünsche ich Dir - das Allerbeste,
Viel Glück, Erfolg, Zufriedenheit,
Und eine wunderbare Lebenszeit.

Ein Leben ohne Müh und Plag',
Sodass Dir' s immer gut geh' n mag,
Du musst nicht nach den Sternen greifen,
Du musst als Mensch zum Menschen reifen.

Du brauchst nicht Gold und nicht Millionen,
Du brauchst ein Haus darin zu wohnen,
Ein nettes kleines Familiennest,
Für Dich und die Deinen das Allerbest.

Du musst das Böse von Dir weisen,
Guten Menschen Deine Hände reichen.
Ein kleines Lächeln auf den Lippen,
Hilft oft Dir über viele Klippen.

Zur richt' gen Zeit ne' gute Tat,
Ein bisschen Freude jeden Tag,
So wirst Du immer fröhlich sein
Und im Leben nie allein.

Rei©Men

Cornelia hatte sich in ihrer neuen Position in der Firma gut eingerichtet, die Beratungstätigkeit machte ihr immer mehr Freude, es passte noch vieles nicht zusammen, weil ihr von Seiten der älteren Mitarbeiter Ressentiments entgegengebracht wurden, Peter wollte sich einmischen, doch sie hielt ihn davon ab, denn sie wusste aus ihrem Psychologiestudium zu viel über menschliche Verhaltensweisen und wollte die Dinge lieber selbst regeln.

Mit zunehmendem Zeitverlauf, wurde sie von den beratenen Firmen immer wieder angefordert, wenn es darum ging unbequeme Entscheidungen, die jedoch sein mussten, in eine Form zu verpacken, welche manche Härten entschärften, aber die Notwendigkeiten solcher Entscheidungen klar hervorhoben, weil sie eng mit dem Wohl und Wehe der Firmen verbunden waren, die man betreute. So machte sie sich nach und nach „unentbehrlich". Walter brachte es einmal auf den Punkt:

„Ich wusste schon lange, dass in der Firma noch etwas fehlt, damals als wir unser erstes Gespräch im Garten hatten, ist es mir blitzartig klargeworden, als du mir von deinem Studium erzähltest."

Der Erfolg verleiht bekanntlich Flügel und ihm folgte auch die Anerkennung ihrer Kollegen. Der Umbau der Eigentums-Wohnungen war inzwischen auch abgeschlossen, ein paar hatte sie als Kapitalanlage behalten und vermietet, doch die meisten verkauft. Vom Erlös kaufte sie einen kleinen Teil des Gartengrundstückes der Familie Hermann, auf dem das neue Gartenhaus für ihre eigene Familie errichtet wurde. Die Diskussion über das Für und Wider hatte einige Zeit in Anspruch genommen, am Ende sahen die „alten Hermanns" aber ein, dass sie, die bisher immer unabhängig gewesen war, sich jetzt ins „Ehejoch" und auch noch freiwillig in die ganze Abhängigkeit der Familie und ihrer Firma begeben hatte, sich unbedingt einen Rest von Selbständigkeit bewahren musste, dass sah auch ihr Mann Peter ein und stimmte der Teilung des Grundstückes zu.

Die alten Hermanns und Peter behielten aber das Vorkaufsrecht, welches in den Kaufvertrag und ins Grundbuch eingetragen wurde.

***

Kapitel 16 Der 2. Prozess das Tötungsdelikt

Kurz nach der Hochzeit wurde die Anklageschrift vom Gericht zugestellt und ging in Frau Borcherts Kanzlei ein, die sie an Cornelia mit der Bitte um einen Besprechungstermin weiterreichte. Cornelias Verteidigerin hatte die >Anklageschrift wegen überzogener Notwehr und Totschlags eines Menschen < genauestens studiert und besprach vor der Verhandlung mit ihr die Details und die Strategie der Verteidigung. Frau Borchert machte ihr klar, dass es diesmal ums Ganze ging, denn bei einer Verurteilung drohte eine Gefängnisstrafe von bis zu fünf Jahren. In einigen langen Sitzungen besprachen die Beiden ihr Vorgehen, spielten die möglichen Anschuldigungen und die eventuellen Fragen des Richters oder des Staatsanwaltes bis ins Detail durch.

Inzwischen lag auch das Gutachten eines Gerichtsmediziners über die Todesursache vor. Danach war der Einbrecher durch einen zu heftigen Schlag mit einem Schlagstock, wie ihn auch die Polizei gegen Demonstranten einsetzte, an einer Gehirnblutung gestorben. Frau Borchert hatte jedoch einen erfahrenen Spezialisten beauftragt ein weiteres Gutachten zu erstellen. Es hatte ein ziemliches Gerangel um die Genehmigung zu einer weiteren Obduktion des Toten gegeben, doch am Ende gab der Staatsanwalt nach, denn er musste befürchten, dass man ihm vorwerfen würde, dass er nicht alles Menschen Mögliche getan hat, um den Fall aufzuklären. Das Gutachten wurde auf Kosten der Familie Hermann erstellt und verursachte keinerlei Kosten zu Lasten der Staatskasse. Da es keinerlei Zeugen des Vorfalls gab, konnte *nur* Cornelia die Fragen des Gerichtes beantworten. Frau Borchert riet Cornelia dem Gericht alle Vorgänge dieses Tages wahrheitsgemäß zu schildern. Weil Cornelia die Aussage bei der polizeilichen Vernehmung verweigert hatte, wusste das Gericht nur die Details, welche die Polizei zusammengetragen hatte:

Der Tote war ein drogensüchtiger Krimineller, der sich mit Einbrüchen seinen Drogenkonsum finanzierte. Beim Einbruch war er auf sogenannter Beschaffungs-Kriminalitätstour unterwegs. Als er versuchte den Wagen von Cornelia aufzubrechen, ging er wohl davon aus, dass sich niemand darin aufhielt.

Die Richterin, eine Frau in den Fünfzigern, mit strengen Gesichtszügen, die erahnen ließen, dass sie ihre Arbeit kompromisslos machte, eröffnete das Verfahren mit der Vorlesung der Anklagschrift durch den Staatanwalt, der langatmig und ausführlich das „Verbrechen" der Frau Dr. Cornelia Berger-Hermann zelebrierte. Man merkte ihm an, dass er sich gut vorbereitet hatte, er nahm sein „Opfer" sofort unter Beschuss und ließ Cornelia dabei nicht sehr gut aussehen. Anders konnte man diese Anschuldigungen nicht deuten, die keinerlei Milde gelten ließen, er wollte am Ende des Prozesses keine Gerechtigkeit, sondern eine Verurteilung wegen Mordversuchs.

Nachdem er geendet hatte, fragte die Richterein Cornelia ob sie sich schuldig fühlte.
„Nein ich fühle mit nicht schuldig, ich habe nur mein Leben verteidigt."
„Frau Dr. Berger-Hermann, erzählen sie uns doch bitte einmal, was sie in Hamburg zu tun hatten?"
Hier schaltete sich gleich Frau Borchert ein und erklärte:

„In meiner schriftlichen Klageerwiderung ist hinlänglich die Vorgeschichte meiner Mandantin geschildert worden. Sie wird seit über einem Jahr von einem Stalker verfolgt, in ihren Lebensabläufen schwerstens beeinträchtigt und körperlich bedroht."

„Also gut, es muss aber doch einen Grund gegeben haben, dessentwegen sie sich in Hamburg aufhielten."

Frau Borchert nickte Cornelia kurz zu und sie begann zu erzählen:

„Meine Freundin Renate und ich lebten in meiner Wohnung in einer WG zusammen und trafen uns regelmäßig mit einer Gruppe von jungen Menschen, in einer kleinen Berliner Eckkneipe. Ich verliebte mich dort in meinen heutigen Mann. Kurze Zeit danach bekam ich Briefe von einem Stalker, >ich solle die Finger von Peter lassen< und Ähnliches bis zu Morddrohungen von einem Conny. Danach wurden wir fast von einem Motorboot überfahren, in meiner Wohnung gab es eine Gasexplosion, an unserem Polterabend brannte das Gärtnerhaus im Park der Familie Hermann aus. Ich wohne seit meiner Heirat zusammen mit meinem Mann dort in seiner Junggesellenwohnung. Wir wollten das Gärtnerhaus zu einem Eigenheim umbauen und die Arbeiten hatten schon begonnen, jetzt müssen wir wieder von vorn anfangen."

Frau Borchert meldete sich kurz und erklärte:

„Die Vorgänge um den Brand sind alle aktenkundig und können in den Polizei-Protokollen nachgelesen werden."

Daraufhin schaltete sich der Staatanwalt ein:

„Alle diese Ereignisse sind in unserem heutigen Fall nicht relevant und ob es diesen Phantom-Stalker überhaupt gibt, muss bezweifelt werden. Die Gasexplosion wurde fahrlässig von Frau Dr. Berger-Hermann verursacht, sie ist deswegen vom Amtsgericht Berlin Charlottenburg verurteilt worden."

Frau Borchert erwiderte:

„Herr Staatsanwalt, wie ich im Laufe dieser Verhandlung noch aufzeigen werde, sind die Vorgänge um den Stalker entgegen ihrer Meinung äußerst wichtig und unverzichtbar."
Die Richterin stoppte das Geplänkel, indem sie Cornelia aufforderte weiter zu berichten."
„Ich hatte mit meinem Mann eine Auseinandersetzung, weil er mir verschwiegen hatte, dass er mit Renate Michaelis, meiner WG-Partnerin, vor unserer Zeit einmal geschlafen hatte. Er wollte es eigentlich nicht, aber sie hatte ihn verführt, das brachte mich auf die Idee, dass eventuell Renate die Stalkerin wäre. Deshalb fuhr ich nach Hamburg, um sie zur Rede zu stellen. Das Gespräch war sehr intensiv und wir zerstritten uns heftig, am Ende war ich sehr aufgeregt und wusste genau so viel wie zuvor. Darum beschloss ich in diesem Zustand nicht mehr Auto zu fahren und legte mich in meinem Campingbus um zu schlafen. Mitten in der Nacht wurde ich wach, weil jemand versuchte die Schiebetür aufzubrechen."
Der Staatsanwalt fragte:
„Warum haben sie sich nicht bemerkbar gemacht, z. B. durch Husten, dann hätte der Einbrecher sich mit Sicherheit entfernt? Warum sind sie nicht einfach hinters Steuer und weggefahren?"
„Weil ich nach all den vorangegangenen Ereignissen annehmen musste, dass der Stalker ins Auto einbrechen wollte und der hätte sich durch räuspern oder Ähnliches nicht vertreiben lassen."
„Sie hätten aber wegfahren können."
„Ich stand in einer Parklücke zwischen Bäumen und hätte erst noch zurücksetzen müssen. Außerdem war nicht abschätzbar, wie lange der Einbrecher noch brauchen würde, um die Tür aufzubekommen."
„Um Schlimmeres zu verhindern, hätten sie den Versuch machen müssen zu flüchten", insistierte der Staatsanwalt.

„Herr Staatanwalt, meine Mandantin ging davon aus, dass es sich um einen Überfall handelt, nicht um einen kleinen Einbrecher der in dem Fahrzeug nach Wertsachen suchen wollte," mischte sich Frau Borchert wieder ein.

Die Richterin fragte nach:

„Frau Dr. Berger-Hermann, hatten sie den Eindruck, dass es für sie ums Überleben ging?"

„Ja, erst zitterte ich vor Angst am ganzen Leib, dann dachte ich, der Stalker steht hier draußen und ich darf ihn nicht entwischen lassen, das gab mir wieder Mut."

„Aha, da haben wir es, sie wollten ihn zur Strecke bringen, aber es war eben nur ein kleiner Dieb, den sie dann erschlagen haben."

„Herr Staatsanwalt, meine Mandantin musste innerhalb von Sekunden entscheiden, ob und wie sie sich zum Kampf gegen den Eindringling stellen sollte. Sie wusste auch nicht, ob das Fahrzeug eventuell blockiert war, zum Beispiel durch ein anderes Fahrzeug oder zerstochenen Reifen. Es konnten auch mehrere Angreifer draußen lauern, die ihr nach dem Leben trachteten, also tat sie das einzig Richtige, nämlich, dass sie sich mit dem Pfefferspray und dem Schlagstock im Hintergrund des Fahrzeugs versteckte um den Angriff abzuwehren."

„Frau Dr. Berger-Hermann, fahren sie bitte mit ihrem Bericht fort", forderte die Richterin.

„Ja danke, es dauerte wirklich nur noch Sekunden, dann gab es einen starken Schlag und die Schiebetür flog auf, etwas wie eine Eisenstange klingelte auf das Pflaster, dann erschien in der Tür eine Baseball-Mütze – ich schlug vielleicht etwas zu hart zu und traf den Angreifer über dem Schirm der Mütze auf den Kopf."

„Mit voller Absicht zu hart, wie sie ja zugeben und zu brutal, dass ein Mensch es hätte überleben können. Warum haben sie nicht erst einmal mit dem Pfefferspray versucht den Angreifer zu verscheuchen?", fragte der Staatsanwalt.

„Weil die Baseball-Mütze mit dem langen Schild seine Augen und das ganze Gesicht verdeckten, hätte das Spray keinerlei Wirkung gehabt. Weil ich nicht wusste, ob mehrere Angreifer draußen waren, habe ich hart zugeschlagen. Wenn ich es mit weiteren Angreifern zu tun hatte, die draußen lauerten, musste ich mit dem ersten Schlag wenigstens einen Angreifer kampfunfähig machen, sonst hätte ich mit zweien kämpfen müssen."

„Was passierte dann", fragte die Richterein.

„Es gab ein knackendes Geräusch, ich dachte zuerst, der Schlagstock wäre zerbrochen, deshalb trat ich dem Angreifer mit dem rechten Bein vor die Brust, er flog über den Bürgersteig gegen einen Zaun und blieb liegen. Bevor er sich wieder aufrappeln konnte, saß ich schon am Steuer und fuhr davon."

Der Staatsanwalt zog die Augenbrauen hoch, schaute Cornelia missbilligend an und monierte:

„Angeklagte", es war das erste Mal, dass er sie so titulierte, „ihre Aussage eröffnet für mich unerwartet eine ganz neue Sicht der Abläufe. Dieses Nachtreten, gegen einen hilflosen Menschen, den sie vorher mit einem Schlagstock bewusstlos geschlagen haben, zeigt die ganze Härte und Brutalität mit der sie sich, na sagen wir mal, verteidigt haben wollen. Mich würde interessieren wo sie diese Fertigkeiten erworben haben."

Wieder mischte sich Frau Borchert ein:

„Herr Staatsanwalt, die Polizei bietet Selbstverteidigungs-Kurse für Frauen an, Herr Obergföll, seines Zeichens Polizeibeamter Polizeidirektion 2 Abschnitt 21 Berlin, hat Frau Dr. Berger-Hermann geraten einen solchen Kurs zu belegen, damit sie sich Notfalls gegen den Stalker zur Wehr setzen kann."

Durch den Saal ging ein Raunen, auf dem sonst unbewegten Gesicht der Richterin erschienen in den Mundwinkeln kleine

Grübchen und um die Augenpartien bildeten sich kleine, unprofessionelle Lachfältchen, die aber sehr schnell wieder verschwanden, als sie sagte:

„Frau Dr. Berger-Hermann, fahren sie bitte mit ihrem Bericht fort.“

„Ich hatte Angst, dass der Schlag nicht ausreichend war und dass er mich erneut angreifen würde, deshalb trat ich zu. Außerdem hätte ich nicht wegfahren können, ich musste befürchten, dass er in den Bus hineinklettern bzw. hineinfallen würde, ich wollte einfach nur weg.“

Die Richterin sagte: „Moment“, machte sich ein paar Notizen und zitierte den Gutachter in den Zeugenstand.

„Herr Gutachter, ich hätte von ihnen gern einmal gewusst, ob ein Schlagstock eine tödliche Waffe ist?“

Der Gutachter schien mit dieser Frage ein wenig überfordert zu sein, meinte dann aber:

„Es kommt immer darauf an, wer ihn einsetzt, ein geschulter Polizeibeamter lernt natürlich welche Körperteile er treffen muss und welche Wirkung die Schläge dort hinterlassen, aber grundsätzlich ist es möglich damit einen Menschen zu töten, vor allem, wenn man ihm mehrmals auf den Kopf schlägt und immer auf dieselbe Stelle trifft.“

„Frau Dr. Berger-Hermann, haben sie das gewusst?“, frage die Richterin Cornelia.

„Nein, das hat mir niemand gesagt, auch im Selbstverteidigungskurs hat man uns darüber nicht aufgeklärt.“

Wieder ging ein Raunen durch den Saal, dann meldete sich Frau Borchert:

„Nach unseren Recherchen verwendet die Polizei die gleichen Schlagstöcke und es ist bei diesen Einsätzen noch nie zu einem Todesfall gekommen. Weil hier noch Unklarheiten bestehen, haben wir zu dem Thema ein weiteres Gutachten erstellen lassen.“

Der Gutachter der Verteidigung, erläuterte nun ausführlich die Gefährlichkeit der früher verwendeten Schlagstöcke, die man damals Gummiknüppel nannte. Heutige Schlagstöcke haben einen Holzkern mit einem weichen Kunststoffüberzug, der beim Schlag zurückfedert, so dass ein großer Teil der Energie absorbiert wird. Schlagstöcke wurden nicht zum Töten konstruiert, sondern sollen einfach nur weh tun und den Angreifer kampfunfähig machen. Die Angeklagte hat einen solchen Schlagstock verwendet, konnte jedoch die erforderliche Schlagstärke nicht richtig dosieren, weil sie an einer solchen Waffe nicht ausgebildet wurde und das obwohl sie einen Selbstverteidigungskurs bei der Polizei absolviert hat.

Quelle: WikipediA Schlagstöcke im Polizeieinsatz

Heutzutage werden Schlagstöcke, auch als Gummiknüppel bzw. Einsatz-Mehrzweckstock bezeichnet und vor allem von der Polizei verwendet. Diese setzt Schlagstöcke – überwiegend aus Hartgummi – bei Großeinsatzlagen, wie etwa Demonstrationen zur Verteidigung eines Geländes, meist durch speziell ausgebildete Einheiten oder als Waffe zur Sicherung von Beamten bei der Festnahme eines Verdächtigen ein. Im Falle von Demonstrationen, bzw. gewalttätigen Märschen, kommt der Schlagstock oft in Verbindung mit Wasserwerfern, Tränengas und Gummigeschossen zum Einsatz. Der Vollgummischlagstock wurde aber im Laufe der Zeit im deutschen Polizeieinsatz verboten, da er bei einem Schlag z. B. auf einen Arm seinen kompletten Impuls überträgt und zu schwereren Verletzungen, wie Knochenbrüchen oder Knochensplitterbrüchen geführt hat. Heute werden lediglich gummiummantelte Holzkerne verwendet, die beim Schlag auf einen Knochen zurückfedern und somit einen Teil der Schlagenergie wieder reflektieren. Der Arzt, der die Obduktion durchführte, hat schon darauf hingewiesen, dass der Täter durch den Schlag bewusstlos geworden war und dass seine körperliche Konstitution so sehr geschwächt war, dass er aber nicht an dem Schlag starb, dieser war nur der letzte Auslöser, der zum Tode führte. Der Staatsanwalt meldete sich erneut, diesmal mit zusammengekniffenen Augen und krauser Stirn:

„Frau Dr. Berger-Hermann, ich halte trotz mildernder Umstände, die wir eben gehört haben, meinen Vorwurf der Tötungsabsicht aufrecht. Sie fühlten sich von dem Stalker, der sie verfolgt und bedroht hat, erneut in die Enge getrieben und nutzten, wenn auch vielleicht nur im Unterbewusstsein die Gelegenheit, sich dieses lästigen, ihre Lebensqualität zerstörenden Menschen zu entledigen. Aber sie hatten Pech, es war nicht der Stalker, der sie verfolgte, sondern ein >harmloser Einbrecher <.“

„Ja, Herr Staatanwalt, ein klein wenig haben sie recht, ich wollte nicht mehr davonlaufen und mich stattdessen dem Angreifer, wer immer er war, im offenen Kampf stellen. Ich hatte

Angst, fühlte mich erneut in die Enge getrieben, ich war nicht mehr bereit das Opfer zu sein, ich wollte zurück-schlagen, auch wenn es mich mein Leben gekostet hätte. Irgendwann hat jeder Mensch genug vom Bösen, man baut immer mehr Frust auf, der sich dann wie ein gespannter Bogen entlädt. Es tut mir wahnsinnig leid, dass es den falschen getroffen hat, er war eben zur falschen Zeit am falschen Ort."

„Frau Dr. Berger-Hermann, sie haben gewusst, dass der Schlagstock eine tödliche Waffe sein kann, sie hätten sich sofort um den Verletzten kümmern und einen Notarzt rufen müssen", monierte der Staatsanwalt.

„Was sie dann auch getan hatte, indem sie zur Polizei ging", fuhr Frau Borchert dazwischen.

„Sie haben aber stattdessen billigend in Kauf genommen, dass der Verletzte starb und dass sie ihn, den vermeintlichen Stalker, dadurch loswürden und erst als sie mehr oder weniger zufällig beim Polizeirevier vorbeikamen, erinnerten sie sich dann endlich daran, dass sie einen Schwerverletzten auf der Straße hatten liegen lassen", führte der Staatsanwalt weiter aus.

„Das ist nicht wahr, ich wollte mich nur in Sicherheit bringen und dann den Notarzt anrufen, plötzlich tauchte dann das Polizeirevier auf, also ging ich dort hinein um den Vorfall zu melden", reklamierte nun wieder Cornelia.

Dann folgten die Anträge:
Der Staatsanwalt forderte die Besichtigung der Stelle des Überfalls, er wollte vor Ort feststellen, dass man nachts zwischen den Bäumen schnell aus der Parklücke herausmanövrieren kann, so behauptete er jedenfalls. Außerdem kann man durch das Fenster in der Beifahrertür hinaussehen. Soviel Licht war durch die Straßenbeleuchtung vorhanden, um abschätzen zu können, ob das gelingen würde, behauptete er. Frau Borchert hielt den Ortstermin ebenfalls für wichtig, nur so konnte

festgestellt werden, ob eine Fluchtmöglichkeit bestand. In der Nacht hätte der Einbrecher nicht bemerken können, dass sich jemand im Fahrzeug aufhält, denn ein Schlafender verursacht in Campingfahrzeugen nicht die typischen Schaukelbewegungen, als wenn jemand darin herumläuft. Hatte Cornelia in der Nacht während des Überfalls noch angenommen, dass Renate und/oder ihr neuer Freund der Stalker war, so kam sie nach längerem Nachdenken und dem klärenden Gespräch mit Renate, zu der Ansicht, dass diese nicht die Stalkerin war, schließlich hatte Renate alle Fragen glaubwürdig beantwortet und sie nahm an, dass sie in ihrer neuen Beziehung glücklich war. Da ihr Freund anscheinend auch genug Geld hatte, war auch die Herkunft der Mittel, mit denen Renate ihren Lebensunterhalt, ihr Studium und den VW-Bus finanzierte geklärt, man würde wohl weiter nach dem Stalker suchen müssen. Das alles ging Cornelia während des Ortstermins durch den Kopf, der am Abend nach Einbruch der Dunkelheit stattfand, er brachte jedoch grundsätzlich keine neuen Erkenntnisse. Der Campingbus wurde zwischen einem Baum und einem dahinter parkenden Wagen der Polizei aufgestellt und man sah deutlich, dass selbst ein geübter Fahrer ein großes Fahrzeug, wie den Campingbus nur durch Vor- und Zurücksetzen aus der Lücke herausmanövrieren konnte. Die Straßenbeleuchtung war gerade an dieser Stelle sehr dürftig, man prüfte auch, ob sich bei eingeschalteten Scheinwerfern die Situation verbessern würde, kam jedoch zu dem Ergebnis, dass das nicht der Fall war, weil das helle Scheinwerferlicht momentan die Dunkelsichtigkeit der Augen verschlechterte.

Am folgenden Tag wurde der Prozess fortgesetzt, ein Gerichtsreporter des Hamburger Abendblattes war auch anwesend und machte sich Notizen. Zuvor war schon eine kleine Rubrik eingerückt worden, ein Kurzbericht über den Einbruch eines Drogenkriminellen und einer resoluten jungen Dame, die sich mit einem Schlagstock verteidigt hatte, war die Rede und dass er dabei zu Tode kam. Die Richterin eröffnete das Verfahren mit dem Hinweis, auf die Komplexität des Vorganges, die eine sorgfältige Betrachtung von Seiten der Staatsanwaltschaft und der Verteidigung erfordere. Dann bat sie die Anwälte um ihre Plädoyers, falls keine weiteren Anträge mehr vorliegen, möge der Staatsanwalt beginnen.

Er wiederholte im Wesentlichen seine schon mehrfach vorgebrachten Anschuldigungen wegen der Notwehrüberschreitung von Frau Dr. Cornelia Berger- Hermann, sie habe mehrere Möglichkeiten zur Flucht nicht genutzt, nach dem Abwehrschlag dem Einbrecher auch noch einen schweren Tritt versetzt, der dann letztendlich zum Tode führte. Er warf Cornelia vor, dass sie sich nicht sofort um den Verletzten gekümmert hätte, der bei sofortigen Hilfsmaßnahmen noch hätte gerettet werden können.

„Ich beantrage eine Verurteilung der Angeklagten wegen überzogener Notwehr, zu einer Freiheitsstrafe von mindestens zwei Jahren ohne Bewährung."

Frau Borchert forderte für Cornelia einen Freispruch, sie hätte die Situation falsch eingeschätzt, musste mit einem weiteren Angriff des sie bedrohenden Stalkers rechnen und kämpfte um ihr Leben. Ein solches Verhalten darf keine Strafe nach sich ziehen. Das dabei ein Einbrecher zu Tode kam, ist den unglücklichen Umständen geschuldet. Nach einer Stunde Beratung des Gerichtes, wurde dann das Urteil verkündet.

Das Schwurgericht verurteilte Cornelia wegen fahrlässiger Körperverletzung mit Todesfolge zu acht Monaten Haft auf Bewährung. Damit folgte die Richterin zwar nicht dem Antrag der Verteidigung, ließ aber den Staatsanwalt mit seinem geforderten Strafmaß voll auflaufen. Zur Begründung führte sie weiter aus: „Es geht um das Recht auf Notwehr - wo endet die Notwehr und wo beginnt der Schutz des Notwehropfers? Und wann muss das Opfer einer Gewaltattacke damit rechnen selbst auf der Anklagebank zu sitzen", führte sie aus.

„Entscheidend sind immer die Wahl der Notwehrmittel und die Verhältnismäßigkeit der Abwehrmaßnahmen. Gemäß Strafgesetzbuch (StGB) geht derjenige straffrei aus, der aus Verwirrung, Furcht und/oder Schrecken die Grenze der Notwehr überschreite. Juristen sprechen hier von einem Fall von intensiven Notwehrexzess. Der Einsatz eines Schlagstockes sei unverhältnismäßig, wenn man es mit einem „normalen" Einbrecher zu tun hat, die besonderen Umstände, die sich für Frau Dr. Berger-Hermann durch den Stalker ergaben, sind nicht erwiesen, sie führten zu einer unglücklichen Verkettung von Umständen, die bei der Urteilsfindung als mildernde Umstände berücksichtigt worden seien. Das Gericht sah es als erwiesen an, dass die Angeklagte bei dem Vorfall in Notwehr gehandelt hatte. Frau Dr. Berger-Hermann, hat jedoch selbst eingeräumt, dass sie: >nicht mehr davonlaufen und sich stattdessen dem Angreifer, wer immer er war im offenen Kampf stellen wollte <. Diese ehrliche Aussage beinhaltet einen Vorsatz und lässt eine gewisse Mitschuld am Tode des Einbrechers erkennen. Dass die Verletzung des Einbrechers „lebensbedrohlich" war, konnte Frau Dr. Berger-Hermann nicht erkennen. Auch die folgende Flucht wäre angemessen gewesen, selbst sofortige Hilfsmaßnahmen hätten das Leben des Einbrechers nicht retten können. Die Verhandlung ist geschlossen."

Wie schon in der Gasexplosionssache, war Frau Borchert mit dem erreichten Urteil voll zufrieden, wollte aber in Berufung gehen, wichtig sei es jetzt unbedingt den Stalker zu finden.

***

Kapitel 17 Der Stalker

Bei der Durchsicht der Filme von der Hochzeitsfeier, wird endlich der Stalker durch Vergleichs- Fotos einer Person, die sich
lange im Mehrfamilien-Wohnhaus von Cornelia aufgehalten
hatte entdeckt, kann aber nicht identifiziert werden. Auf den
Fotos im Treppenhaus im Wohnhaus Hermann, sah sie wie ein
junger Mann aus, auf den Hochzeitsfilmen eher wie eine junge
Frau. Inzwischen suchte die Polizei auch noch einen Einbrecher, der in der fraglichen Zeit, in die Nachbarwohnung Cornelias eingebrochen hatte. Die Personalien konnten bisher nicht
ermittelt werden, doch als Cornelia sich die Fotos aus dem
Treppenhaus und den Film beim Verlassen des Hauses ansah,
meinte sie aus der Körperhaltung einen ihr bekannten Mann
zu erkennen, den sie irgendwo schon einmal gesehen hatte.
Jedoch, so oft sie sich auch die Filme und Fotos ansah, es war
ihr unmöglich sich zu erinnern, wo sie ihn schon einmal gesehen hatte. Ein paar Wochen, nachdem der Berufungs-Prozess
wegen des Tötungsdeliktes begonnen hatte, wachte sie mitten in der Nacht auf und schnellte im Bett hoch, ihr Unterbewusstsein hatte einen Namen hervorgeholt: >Konrad< -
dachte sie so laut nach, dass Peter aufwachte. Konrad, der
Kommilitone von Renate, das war' s, es fiel wie Scheuklappen
von ihren Augen herunter, wieso war sie nicht schon viel früher darauf gekommen.

„Sehr gut, Cornelia, diese Spur werden wir verfolgen, immer
wieder diese Mechatronik, das passt genau zu dem erforderlichen know how, dass man benötigt um in Häuser einzubre-
chen, sie unauffällig einzuäschern oder zu sprengen", sagte
Peter, dann rückte er ein wenig zu ihr hinüber und kuschelte
sich bei ihr ein, doch an Schlaf war im Moment nicht mehr zu
denken.

Werner setzte alle Hebel in Bewegung, doch in Hamburg war Konrad nicht mehr gemeldet. Zur Überraschung für alle wurde die Tatsache, dass plötzlich auch Renate unauffindbar war. Ein paar Wochen später, als Werner Cornelia in den Winter Semesterferien in die Stadt fuhr, lief plötzlich Konrad, der Kommilitone, den Cornelia in Hamburg kennengelernt hatte, vor einer Ampel über einen Zebrastreifen, natürlich sah er sie nicht, aber sie hatte ihn sofort erkannt. Sie machte Werner, auf ihn aufmerksam, er zückte sofort die Kamera, aber er erwischte ihn nur noch von hinten. Cornelia erzählte ihm von ihrer kurzen Bekanntschaft mit ihm in Hamburg. Werner fuhr sofort in die Richtung weiter, in die er gegangen war, doch er war in den Menschenmassen verschwunden. Zuhause nahm er den Mikrochip aus der Dashcam, mit denen er alle Fahrzeuge ausgerüstet hatte und sah sich zusammen mit Cornelia den Film an.

„Ja, das ist er, ich habe mich nicht geirrt, was macht der hier in Berlin?"

„Ich werde es herausfinden", sagte Werner, „gib mir mal seinen Namen und seine Hamburger Adresse."

„Du, es war ja nur eine flüchtige Bekanntschaft, ich habe nur seine Telefonnummer."

Sie nahm ihr Handy und gab ihm die Nummer.

„Wenn er die Nummer noch verwendet, bekomme ich auch die Adresse heraus."

Werner wählte die Nummer, aber es meldete sich niemand.

„Du Werner, in Hamburg war er als Student der Mechatronik eingetragen, ein Kommilitone von Renate, vielleicht studiert er jetzt in Berlin."

Könnte es sein, dass Konrad der Studienkollege von Renate, der Helfer war, in Wirklichkeit also zwei Stalker, die sich in ihren Aktionen abwechselten und Konrad wurde von dem Geld bezahlt, dass Renate von Cornelias Konto abgezweigt hatte, solange sie noch den Zugriff auf Cornelias Unterlagen gehabt hatte?

Da in der fraglichen Zeit nur Cornelia durch die Sicherheits-schlösser, die Werner angebracht hatte, Zugang zu ihrer Wohnung hatte, konnte gemäß den Feststellungen des Gerichtes, nur sie die Reparatur-Arbeiten an der Gasleitung ausgeführt haben, aber in der Nachbarwohnung war in der gleichen Zeit eingebrochen worden, das hatte Werner über seinen ehemaligen Kollegen bei der Polizei herausgefunden.

Ein Täter hätte also auch über den Balkon der Nachbarwohnung in Cornelias Wohnung gelangen können.

Das war natürlich auf Grund der Beschädigungen am Gebäude nach der Explosion nicht mehr nachkontrollierbar. Aber, da gab es ja noch die Fotos, die Benni, der Assistent von Werner im Treppenhaus und auf der Straße von Konrad gemacht hatte, sie waren von Cornelia und der Familie ausgewertet worden, doch die Person trug eine Perücke und hatte sich auch sonst mit Fleiß unkenntlich gemacht. Werner und Cornelia sahen sich die Fotos nochmal an, verglichen sie mit dem Film von der Ampel, dann sagte Werner zu ihr:

„Fällt dir etwas auf, du hattest doch diesen Traum?"

„Werner er ist es, genau seine Körpersprache, ich schwöre es dir er ist es, doch wie sollen wir das beweisen."

Werner setzte sein breitestes Grinsen auf, mit dem Blick eines geschulten Ermittlers, hatte er die Schwachstelle in Konrads Mimikry gefunden.

„Schau dir mal die Schuhe von dem Typen an! Auf beiden Aufnahmen trug der die gleichen Schuhe!"

„Jetzt ist er fällig", frohlockte Cornelia, doch Werner bremste ihren Enthusiasmus mit der Bemerkung:

„Nicht so schnell, diese Schuhe beweisen nichts, sie gibt es zu tausenden bei der heutigen Turnschuhgeneration, wer was auf sich hält, trägt nur Adidas oder Puma, was wir bräuchten, wäre ein Fußabdruck."

Jetzt hatte Cornelia eine Intuition:

„Im Haus wirst du keine mehr finden, aber in dem Keller war nur die Polizei und eventuell der Erkennungsdienst!"

„Eine sehr gute Idee, vielleicht haben wir Glück, ich werde erst mal bei meinen ehemaligen Kollegen nachfragen, ob die was haben."

Werner setzte sich mit den Ermittlern der Gasexplosionssache in Verbindung und was er hörte, war eine kleine Katastrophe, sie hatten den Keller nur nach Werkzeug durchsucht, aber keine Spurensicherung durchgeführt. Werner erreichte jedoch, dass dieses Versäumnis nachgeholt wurde und man wurde fündig. Auf einem achtlos beiseite geworfenen Stück weißen Pappkarton, fand man einen halben Fußabdruck, doch der konnte von allen möglichen Leuten, auch von den Beamten herrühren, also wieder eine Nullnummer. Außerdem war es aussichtslos einen Vergleichsabdruck von Konrads Schuh zu bekommen, solange man nicht wusste, wo er wohnte. Wieder hatte Cornelia eine Idee, sie erkundigte sich in der Uni nach den Gesuchten und wurde fündig. Werner setzte Benni an und der legte sich auf die Lauer, zeigte allen Studenten deren er habhaft werden konnte den Film und die Fotos, aber niemand erkannte darauf Konrad. Es war zum Verzweifeln. Wieder hatte Cornelia eine Idee, sie rief die alte Handynummer von Renate an und siehe da, sie war erreichbar.

„Du", sagte sie, „ich wollte mich wegen meines Abgangs in Hamburg bei dir entschuldigen."

„Schon gut, ich wollte dich sowieso anrufen, ich studiere das letzte Semester jetzt wieder in Berlin, wir können uns ja mal treffen, wie wär's mit unserer alten kleinen Kneipe am Freitag, ich glaube dann sind alle von damals wieder dabei."

Cornelia und Peter gingen am Freitag an den Ort, wo sie sich kennen und lieben gelernt hatten. Zu ihrer Überraschung brachte Renate ihren Freund Götz aus Hamburg mit und auch alle anderen waren gekommen. Wahrscheinlich hatte Renate „getrommelt" und die Neuigkeit verbreitet. Man begrüßte sich überschwänglich, tauschte viele Neuigkeiten aus und war bester Laune, Peter setzte noch eins drauf indem er bekannt gab, dass alles was heute konsumiert würde, auf seine Kosten ginge. Doch seitens von Cornelia und Peter war es nur eine aufgesetzte, erzwungene Fröhlichkeit, denn Werner und Benni standen bereit, sie wollten herausfinden, wo Renate wohnte und mit wem sie Umgang pflegte. Doch das stellte sich als schwieriger heraus wie gedacht. Die beiden stiegen in ein Taxi und wechselten dann in die S-Bahn, was an sich nicht ungewöhnlich war, weil sich vor der Kneipe keine Haltestelle befand. Benni schaffte es noch in den Zug, konnte ihnen beim Umsteigen nicht schnell genug folgen, sonst lief er Gefahr erkannt zu werden und damit wäre er als Observierer ausgefallen. Er hatte aber den Eindruck, dass man ihn als Verfolger erkannt hatte und sich deshalb so schnell verdrückt hatte. Werner war auch dieser Meinung, denn, wenn Renate und Konrad die Stalker waren, hatten sie bestimmt das Hermann Grundstück genauestens observiert, davon konnte man ausgehen. Man war wieder dort, wo man angefangen hatte, der oder die Stalker waren immer einen Schritt voraus, was aber verwunderte, war, dass sie keinerlei weitere Aktionen mehr starteten. Hatten sie aufgegeben oder machten sie nur eine künstlerische Pause, holten sozusagen tief Luft, um dann zu einem neuen Schlag auszuholen? Werner hingegen vermutete, dass sich ihre Lebensziele inzwischen geändert hatten und sie keine weiteren Aktionen planten, weil sie sonst Gefahr liefen aufzufliegen. Dessen ungeachtet mussten die Stalker überführt werden, ohne eine umfassende Aufklärung der Ereignisse konnten die Hermanns keine Ruhe finden, denn sie mussten weiterhin in Angst vor neuen Anschlägen leben, das war ein unerträglicher Zustand, der beendet werden musste. Was sie angerichtet hatten, musste gesühnt werden, da waren sich alle einig, nur Staatsmacht und Polizei hatten die Ermittlungen „auf Eis gelegt", man hatte den Eindruck, dass man wartete bis die Sache einschlief oder sich von selbst erledigte, wollte das Problem wohl aussitzen, doch da hatten sie mit Zitronen gehandelt, immer wenn man nicht weiterkam, meldete sich Werner und schob weitere Untersuchungen an, denen man sich nicht entheben konnte.

Bei den Fußabdrücken hielt er sich aber zurück, er wollte das scheue Wild nicht aufscheuchen, denn womöglich wäre dann auch diese Spur verloren gewesen. Deshalb betraute er einen Detektiv-Kollegen mit der Observation von Renate, Götz und Konrad, von dem jede Spur fehlte. Schon nach kurzer Zeit lieferte der Ergebnisse. Konrad war in den Semesterferien in seine alte Heimat in Mecklenburg-Vorpommern entschwunden und erstaunlich, er trug ab und zu immer noch die gleichen Turnschuhe. So war es nicht schwer einen Schuhabdruck zu bekommen, der dann von den Spezialisten der Polizei ausgewertet wurde. Die Abdrücke waren identisch, Konrad wurde daraufhin verhaftet und mitsamt seinen Turnschuhen der Berliner Behörde überstellt. Schon in seiner ersten Vernehmung gestand er, von Renate zu den Taten angestiftet worden zu sein. Dank des Einsatzes des zweiten Detektives, der Renate bei ihrem Freund Götz ausfindig gemacht hatte, wo sie ohne polizeiliche Anmeldung wohnte, wurde auch sie fast zeitgleich verhaftet. Auch sie war geständig, denn ihr Intellekt sagte ihr natürlich, dass sie aus der Sache nicht mehr unbeschadet herauskommen würde, deshalb hatte ein Anwalt ihr geraten ein vollständiges und vor allem ehrliches Geständnis abzulegen. Nur dadurch konnte sie mit mildernden Umständen rechnen und eventuell eine längere Haftstrafe abwenden.

***

Kapitel 18
Die Berufungsverhandlung in der Explosionssache

Zu der Verhandlung waren Renate, Götz, Konrad und Benni als Zeugen geladen. Cornelia und Frau Borchert waren wohl anwesend, doch nach dem umfassenden Geständnis von Konrad, waren sie in der Verhandlung eher Zaungäste des Verfahrens und das, obwohl Cornelia immer noch die Angeklagte war, die Vorverurteilte, der man dank eines übereifrigen Staatsanwaltes nicht geglaubt hatte. Dem Gericht musste man allerdings zugutehalten, dass sie mit einer geringfügigen Strafe, die man eigentlich als Verwarnung einstufen konnte, davongekommen war.

Benni wurde als erster befragt, ob und wo er Konrad schon mal gesehen hatte. Er erklärte, dass er einen Tag vor der Explosion Konrad im Treppenhaus begegnet war. Dann wurde Konrad aufgerufen. Der Richter war neugierig, wollte im Detail wissen, wie er Renate kennengelernt hatte und wie es dazu kam, dass sie ihn zu der Tat angestiftet hatte. Der Verteidiger stoppte diesen Wissensdrang, indem er darauf hinwies, dass Konrad ein Strafprozess bevorstand und dass er hier nur über den Tathergang aussagen musste.
„Gut Herr Mertens, dann erzählen sie doch mal, wie das abgelaufen ist:"
„Herr Richter, den Plan zu der Tat hat Frau Michaelis bis ins Detail ausgearbeitet. Ich war nur der Ausführende. An dem besagten Tage, als mich Benni im Treppenhaus traf, hatte ich mir schon die Halbzoll-Muffe im Baumarkt beschafft. Ich ging erst mal in den Keller, da gab es einen Trick, wie man ohne Schlüssel die Kellertür öffnen konnte. Den hatte Renate herausgefunden, als sie ihr Fahrrad reinstellen wollte und den Schlüssel vergessen hatte. Man musste die alte Tür nur kräftig anheben, dann ließ sie sich über das alte, noch von früher stammende

Schließblech drüber heben. Ich zog mir Haushaltshandschuhe an, nahm die Rohrzange, steckte sie in den Jackenärmel und hielt sie mit der Hand fest. Als ich hochging, begegnete ich Benni, er blieb kurz stehen, dass kam mir merkwürdig vor, wie ich heute weiß, hat er mich in dem Moment mit einer versteckten Kamera fotografiert. Dann ging ich durch die Nachbarwohnung und kletterte über den Balkon in die Wohnung von Frau Dr. Berger-Hermann, drehte den Gashahn zu, schraubte die alte Muffe ab und die neue auf das alte Gewinde."

„Und dabei bekam sie einen Riss?" fragte der Richter.

„Nicht gleich, ich musste sie bis über das Gewindeende hinaus aufschrauben, bis sie platzte, dann drehte ich den Riss nach unten, das hatte mir Renate aufgetragen, damit man die Beschädigung nicht gleich erkennen konnte."

„Raffiniert", entfuhr es dem Staatsanwalt.

„Nun drehte ich den Gashahn wieder auf und prüfte, ob genug Gas ausströmte, sodass es nach einiger Zeit zu einem explosionsfähigen Gas-Luft-Gemisch kommen konnte. Danach kletterte ich wieder über den Balkon in die Nachbarwohnung und verließ das Haus."

„Herr Mertens, wie sind Sie denn überhaupt in die Nachbarwohnung hineingekommen?" fragte der Richter.

„Das ist einfach, die Leute ziehen hinter sich nur die Tür zu und schließen nicht richtig ab, da reicht eine Scheckkarte um den Türschnapper aufzudrücken, schon ist man drin."

„Frau Verteidigerin, Herr Staatsanwalt, haben sie noch Fragen?"

„Nein"

„Nein"

Dann zog sich das Gericht zur Beratung zurück.

Nach einer knappen Viertelstunde erschien es wieder. Wie erwartet, wurde Cornelia wegen erwiesener Unschuld freige-

sprochen, weil sie mit an Sicherheit grenzender Wahrschein-
lichkeit nicht die technischen Fähigkeiten gehabt hatte, solche
Arbeiten durchzuführen und weil Konrad gestanden hatte, die
Manipulationen durchgeführt zu haben.
Die Versicherung musste am Ende alle Schäden am Haus,
und einen ausgehandelten Betrag für die Nebenkosten bezahlen, behielt sich aber vor, die Täter in Regress zu nehmen.

***

Kapitel 19 Die Berufungsverhandlung in der Tötungssache

Die Richterin eröffnete das Verfahren mit der Anhörung des
Gerichtsgutachters. Der begann seine Ausführungen mit der
Feststellung:

„Der Drogenkonsum über Jahre hinweg, bedingt den Diebstahl von Geld und Wertgegenständen und dient bei Drogenabhängigen zur Finanzierung ihres Drogenkonsums, er
schwächt zusätzlich ihren Organismus durch den Einbruch-
stress. Man spricht hier im Allgemeinen von Beschaffungskri-
minalität. Durch den jahrelangen Drogenkonsum waren beim
Verstorbenen erhebliche Schäden am Knochengerüst durch
Osteoporose entstanden. Das hat auch mein Kollege der Gutachter, der bei der Obduktion auf Antrag der Verteidigung anwesend war, festgestellt. Durch die fortgeschrittene Osteoporose, die bei Drogenabhängigen durch Mangelernährung entsteht, war der Schädelknochen so geschwächt, dass schon ein
leichter Schlag oder ein kleiner Sturz zu schweren Verletzungen führen kann. Bei dem Toten kam hinzu, dass er mit dem
überraschenden Schlag nicht rechnen konnte, weil er annahm
ein leeres Fahrzeug für seinen Raubzug vorzufinden. Dazu

kam, dass durch die Schirmmütze sein Gesichtsfeld stark eingeschränkt war, sodass er keine Abwehrbewegung z. B. mit einem Arm oder durch wegducken machen konnte. Letztendlich ist der Täter aber nicht an dem Schlag gestorben, sondern an einer angeborenen oder durch eine Krankheit z. B einem schweren grippalen Infekt erworbenen Herzinsuffizienz, die zum Herzversagen geführt hat."

Das Amtsgericht verurteilte Cornelia wegen fahrlässiger Körperverletzung mit Todesfolge zu 100 Tagessätzen zu je 100 Euro – unter Vorbehalt. Nur wenn sie innerhalb der nächsten zwei Jahre noch einmal straffällig werden sollte, wird die Strafe auch tatsächlich verhängt. Immerhin hatte das Gericht so viel Einsehen, dass Cornelia ohne eine bleibende Vorstrafe davonkam. Wie heißt es so schön:
>Auf hoher See und vor Gericht bist du in Gottes Hand. <

***

Kapitel 20 Der Prozess gegen die Stalkerin und ihren Helfer

Der Angeklagte Konrad Mertens, so stellte es der Gutachter Herr Kellner, ein Psychologe fest, war Renate hörig und daher vermindert schuldfähig. Sie hatte ihn in sich verliebt gemacht, dann seine Verliebtheit ausgenutzt und ihn zu den Verbrechen angestiftet. Dass er ihr hörig war, darüber bestand beim Gericht keinerlei Zweifel. Die Strafe für ihn war nur deshalb höher als für Renate, weil er auch aus Gewinnsucht gehandelt hatte, er ließ sich ja für seine Taten von ihr bezahlen. Renate hatte ihn mit dem gestohlenen Geld von Cornelia bezahlt, doch er kam beim Strafmaß trotzdem nicht glimpflicher davon, weil er eigentlich das Geld nicht für seinen Lebensunterhalt benötigte, dafür sorgten seine Eltern. Er finanzierte sich aber aus den „Erlösen" seiner kriminellen Tätigkeiten einen Sportwagen, weshalb das Gericht ihm trotz seiner Hörigkeit, eine erhöhte kriminelle Energie zurechnete.

Nachdem der Staatsanwalt seine Anklage wegen Mordversuch, Sabotage, Gefährdung der allgemeinen Sicherheit, mehrfachen Einbrüchen, Diebstahl und Stalking verlesen hatte, wurde Konrad vom Richter zuerst befragt, ob er sich im Sinne der Anklage schuldig fühle.

„Bis auf den Diebstahl des Geldes - Ja", gestand er.
„Sie haben sich also an den Kontotransaktionen zum Schaden von Frau Dr. Berger-Hermann, nicht beteiligt?"
„Nein, davon wusste ich nichts."
„Wie erklärten sie sich den plötzlichen Reichtum und die finanzielle Freizügigkeit von Frau Michaelis, haben sie nicht nachgefragt, woher sie plötzlich so viel Geld hatte?"
„Sie sagte, sie hätte etwas Geld von ihrer Mutter geerbt."
„Erzählen sie uns doch bitte einmal, wie sie Frau Michaelis kennengelernt haben", forderte nun der Richter Herrn Mertens auf.
„Wir saßen im Hörsaal oft nebeneinander und halfen uns gegenseitig. Ich mochte sie vom ersten Augenblick an, aber bei ihr sprang kein Funken über. Sie erzählte mir, dass sie in einen anderen verliebt sei. Ich litt fürchterlich, konnte nachts nicht mehr richtig schlafen und verlor mehrere Kilo Körpergewicht. Eines Tages änderte sie ihr Verhalten, sie fragte mich, ob wir nicht mal zusammen ausgehen könnten.
„Was hat sich verändert?" fragte ich sie.
„Er hat sich von mir getrennt", sagte sie.
„Und nun soll ich den Lückenbüßer machen?"
„Nein, so ist das nicht, ich will herausfinden ob ich mich in dich verlieben kann, du bist ja auch ein toller Typ."

Von da an waren wir viel zusammen, gingen zusammen Essen Tanzen und ins Kino. Eines Abends saßen wir bei mir mit einer Flasche Wein vor dem Fernseher, es war spät geworden und sie blieb über Nacht. Auch ohne medizinische Kenntnisse merkte ich, dass sie eine Depression hatte, denn ihr ganzes Wesen hatte sich verändert. Sie saß manchmal vor sich hinträumend da, wenn man sie ansprach, zeigte sie keine Reaktion, als wenn sie in Trance gefallen wäre. Ich riet ihr einen Neurologen aufzusuchen, doch das hatte sie schon getan. Der hatte ihr Neuroleptika verschrieben, nach meiner unmaßgeblichen Meinung haben diese Medikamente gegen Panikattacken und Psychosomatische Störungen keinerlei Wirkung, im Gegenteil, sie verschlimmerten den Zustand."

„Hatten sie zu diesem Zeitpunkt schon sexuelle Beziehungen?" fragte der Staatsanwalt dazwischen.

„Nein, ich war glücklich wie ein kleines Kind, das ein Geschenk bekommen hatte, dass es sich schon lange gewünscht hatte. Ich liebte sie, war schon glücklich, wenn ich mit ihr zusammen sein durfte, wollte sie nicht bedrängen und warten bis sie von selber auf mich zukam. Ich war süchtig nach ihr, sie hätte auch verlangen können, dass ich jemand umbringe, ich glaube ich hätte es getan."

Gefühle kann man verdrängen,
aber nicht abschalten.

Rei©Men

„Sie waren ihr also hörig, wie kam es dazu, als sie sich von ihr zum ersten Mal manipulieren ließen?"

„Als ich den Quadrocopter hatte fliegen lassen, belohnte sie mich mit einer Liebesnacht. Bevor ich die Gasexplosion vorbereitete, sagte sie zu mir, dass sie mich lieben würde und als ich den Brand legte, versprach sie mich zu heiraten."

„Und sie haben ihr geglaubt?"

„Zu diesem Zeitpunkt ja, doch dann bekam ich heraus, dass sie in Hamburg ein neues Liebesverhältnis hatte, diese Erkenntnis schmiss mich um, eine Zeitlang wollte ich zur Polizei gehen und mich selbst anzeigen, doch dann hätte ich auch mein Studium aufgeben müssen."

„Herr Mertens, nur nebenbei und zu ihrer Kenntnis, sie können nach einer Verurteilung auch im Gefängnis weiter studieren", bemerkte der Richter.

„Danke, das werde ich auch machen."

Hier meldete sich der Pflichtverteidiger zum ersten Mal zu Wort und mahnte an, den Angeklagten nicht vorzuverurteilen.

„War Frau Michaelis, während sie bei Ihnen wohnte, weiter in medizinischer Behandlung?" setzte der Staatsanwalt das Verhör fort.

„Ja, ich riet ihr eine Spezialklinik aufzusuchen, die eine weiter reichende Behandlung anbieten kann als ein Facharzt. In einer solchen Klinik stellte man dann die richtige Diagnose. >Polyneuropathie <, also eine Nervenerkrankung."

„Warum hörten die Attacken nach der Brandschatzung plötzlich auf?"

„Weil sich Frau Michaelis danach in einer Spezialklinik behandeln ließ und weil ich mich von ihr getrennt hatte."

„Ich habe keine weiteren Fragen."

Jetzt meldete sich der Pflichtverteidiger und regte an, den Gutachter der Verteidigung zu seinen Erkenntnissen zu befragen, er hatte dabei im Blickwinkel die entlastenden Momente bezüglich der sexuellen Hörigkeit von Mertens bei der Bewertung der Schuld nicht außer Acht zu lassen.

Der Gutachter beschrieb den allgemeinen Zustand des Angeklagten während seiner Hörigkeitsphase:

„Die krankhafte Sucht nach Zuneigung hat nach Wilhelm Reich, dem Vater der Körper-Psychotherapien, seine Ursache in unterdrückten sexuellen Bedürfnissen, die zu sexueller Hörigkeit wird, wenn sie keine Befriedigung findet. Es entsteht ein Drang nach Erfüllung der zwanghaften Wünsche der Betroffenen, die sich ständig wiederholen und weiter steigern, wenn sie nicht befriedigt werden. Geschickte Frauen wie die Angeklagte, nutzen diese Hörigkeit aus und manipulieren ihren Geschlechtspartner, indem sie Forderungen jeder Art stellen, die nach der Ausführung von ihnen mit Sex belohnt werden. Wir haben es hier mit einem solchen Fall zu tun, der erst sein Ende fand, als der Angeklagte erfuhr, dass die über alles geliebte Frau mit einem anderen Mann ein Verhältnis pflegte. Die plötzliche Erkenntnis, dass er missbraucht wurde, war für ihn der heilsame Schock, der ihn von seiner Sucht nach Liebe, Anerkennung und Sex befreite", endete der Gutachter.

Die Vernehmung der Stalkerin Renate Michaelis, eröffnete der Richter mit der Frage:
„Haben sie das Messer- und Stricknadel-Happening in der Wohnung ihrer Freundin arrangiert?"
„Ja."
„Wie haben sie es geschafft anonyme E-Mails zu versenden, die nicht nachverfolgbar sind?"
Renate antwortete:
„Im Internet finden sie genügend Anbieter, die solche Nachrichten über ausländische Server ermöglichen. Der einfachste Weg sind spezielle anonyme Mailingdienste, die sogenannte Einmal-Webdienste anbieten. Sie können dort ohne namentliche Anmeldung kostenlose Mails erstellen und versenden. "
„Wer hat das Motorboot gefahren, dass Frau Berger und Herrn Hermann töten sollte?" fragte der Staatsanwalt.

„Also, das stimmt so nicht, grundsätzlich hatte ich nicht vor jemanden zu töten, ich wollte nur Cornelia und Peter auseinanderbringen, weil ich Peter selber liebte, wie hätte ich ihn dann umbringen können. Wenn sie jemanden suchen, der solche Arbeiten für sie erledigt, brauchen sie nur mal über den Kudamm laufen, da bekommen sie für Geld alle möglichen Dienstleitungen angeboten."

„Das heißt, sie wissen überhaupt nicht, wer diesen Auftrag für sie ausgeführt hat?"

„Nein."

„Haben sie das selbst beauftragt?"

„Ja."

„Wie haben sie Herrn Mertens dazu gebracht, die Gasexplosion vorzubereiten?"

„Indem ich ihm sagte, dass ich ihn lieben würde."

„Finden sie nicht, dass diese Lüge sehr verwerflich ist, einen ehrlichen, anständigen Menschen so zu manipulieren, dass er eine schwere Straftat begeht?"

Eine unerfüllte Liebe ist der Nährboden des Hasses.

Rei©Men

„So war das nicht, ich mochte Konrad sehr und zu diesem Zeitpunkt meinte ich, ich könne mich in ihn verlieben, aber dann lernte ich in Hamburg Götz kennen."

„Und verliebten sich in ihn?"

„Ja, aber das war erst nachdem Konrad das Gartenhaus bei den Hermanns abgefackelt hatte. Konrad und ich hatten uns diesen Plan zusammen ausgedacht, er hatte sich bei der Ketteringfirma beworben und war als Helfer bei der Hochzeitsfeier dabei. Bevor sie weiterfragen, den Quadrocopter hat er auch geflogen."

„Wer hat die Lieferung des Eichensarges nach Iznang beauftragt?"

„Das war ich, denn zu diesem Zeitpunkt stand mir Konrad
nicht mehr zur Verfügung. Er hatte sich von mir getrennt."

„Befinden sie sich zurzeit immer noch in ärztlicher Behandlung"

„Ja, ich werde in einer geschlossenen Nervenheilanstalt ärzt-
lich betreut. Wenn es das Gericht erlaubt, möchte ich mich für
meine Taten bei Cornelia, Peter und auch bei Konrad entschuldigen, gewissermaßen ist er ja auch mein Opfer geworden. Ich
bedauere heute mein Verhalten sehr, allerdings stand ich damals unter einem mir heute unerklärlichem Zwang, der mich
wie eine Krankheit befallen hatte."

Der betreuende Chefarzt, der auch als Zeuge geladen war,
wurde aufgerufen und beschrieb den unveränderten Zustand
von Frau Michaelis in ähnlicher Weise, wie vorher der Gutachter:

„Frau Michaelis befindet sich seit ein paar Wochen in meiner
Behandlung, sie wurde auf Betreiben des Untersuchungs-Richters Herrn Hofmann bei uns eingewiesen. Sie darf sich in der
inneren Abteilung der Psychiatrischen Klinik frei bewegen,
weil sie für die anderen Patienten keine Gefahr darstellt. Ihr
Krankheitsbild ist unverändert: Sie leidet an einer krankhaften
übersteigerten neurotischen Depression. Sie äußert sich auf
vielerlei Arten und kann das Leben für andere und für sie
selbst, zur Hölle machen. Die Betroffenen sind oft ihre Mit-
menschen, die von ihrer Erkrankung überhaupt nichts ahnen.
Sie fallen nicht einmal in ihrem engeren Familien-Umfeld auf,
obwohl die Störung unheilvolle Konsequenzen für die Betroffenen und ihre Umgebung hat. Es entstehen Probleme in
der Partnerschaft, der Familie und natürlich im Berufsleben.
Die Lebensqualität wird nachhaltig gestört. Wenn das Leiden
nicht behandelt wird, droht meistens die Isolation und der

Rückzug der Gesellschaft, wodurch sich das Leiden verschlimmert."

Soweit der Chefarzt der Psychiatrischen Klinik, natürlich war er bemüht seine fachlichen Ausführungen so ausführlich wie möglich fort zu führen, doch der Richter stellte eine für das Strafmaß sehr wichtige Frage.
„Sind sie der Ansicht, dass das Krankheitsbild der Angeklagten eine verminderte Schuldfähigkeit darstellt?"
„Selbstverständlich, Frau Michaelis ist nicht unschuldig, sie wusste meiner Ansicht nach genau, was sie tat. Doch ohne den Befund wäre sie nie in eine solche Lage gekommen. Bei ihr überlagern sich eigentlich die Befunde zweier Erkrankungen, wie sie ja schon mein Kollege beschrieben hat. Zudem ist sie stark suizidgefährdet, deshalb möchte ich das Gericht bitten, sie im Falle einer Verurteilung nicht in eine Strafanstalt zu schicken, sondern sie in unserer Obhut zu belassen. Sollte sich an ihrem Zustand eine Besserung ergeben, müsste geprüft werden, ob sie haftfähig ist."

Nach langen und weniger relevanten Einlassungen der Verteidiger und überspitzten Strafforderungen des Staatsanwaltes, wurden dann endlich die Plädoyers gehalten.
Für Konrad Mertens forderte der Staatsanwalt drei Jahre ohne Bewährung und für Renate eine Haftstrafe von fünf Jahren, ebenfalls ohne Bewährung, die aber erst nach der Entlassung aus der Psychiatrie und einem weiteren Gutachten, in eine Haftanstalt eingewiesen werden sollte.

Beide Verteidiger forderten die Angeklagten wegen verminderter Straffähigkeit zu jeweils einem Jahr auf Bewährung zu verurteilen und das Gericht folgte dieser Auffassung mit einer Einschränkung, sie hatten die Kosten des Verfahrens zu tragen. Außerdem stand noch eine Schadensersatzklage der Geschädigten aus und wie in solchen Fällen üblich, die Regressforderungen der Versicherungen. Das Gericht war in seiner Urteilsbegründung der Auffassung, dass die Angeklagten wohl zeitlebens für die Tilgung des angerichteten Schadens würden arbeiten müssen und damit zusätzlich bestraft wären. Dabei wurde die Tatsache völlig außer Acht gelassen, dass seit Einführung der Privatinsolvenz bereits nach sechs Jahren die Schulden vollständig getilgt sind.

***

Kapitel 21 Cornelia und Peter

Cornelia und Peter saßen natürlich im Zuschauerraum, sie waren aber nicht als Zeugen geladen worden, weil Renate und Konrad geständig waren. Nach der Verhandlung gab man ihnen Gelegenheit, sich mit Renate und Konrad zu unterhalten.

Von Cornelia und Peter war der ungeheure Druck abgefallen, sie konnten wieder ihr altes, freies Leben aufnehmen, ohne Gefahr zu laufen bedroht oder gar getötet zu werden. Doch auch Renate und Konrad hatten unter ihrer Schuld gelitten, man sah es ihnen an, dass sie wieder freie Luft atmeten. Freunde würden die vier wohl in diesem Leben nicht mehr werden, dennoch wagte Renate eine Frage an Cornelia zu richten. Sie wollte wissen, ob sie seitens der Familie Hermann mit Schadensersatz rechnen musste.

Cornelia sah Peter an, der schüttelte den Kopf und sagte:

„Dann wären wir in diesem Prozess schon als Nebenkläger aufgetreten, wir sind froh, dass endlich alles zu Ende ist und wollen nur noch leben, statt uns in weitere Prozesse zu verwickeln."

Cornelia ergänzte noch:

„Wenn wir uns in die Arbeit stürzen, verdienen wir in der gleichen Zeit mehr Geld, als wenn wir euch beklagen. Da ist sowieso nichts zu holen und euch beiden kann ich nur raten, führt in Zukunft ein ehrliches, anständiges Leben, damit eure Seelen gesunden können."

Renate hatte plötzlich eine Gefühlsaufwallung, die sie selber überraschte, sie warf sich Cornelia an den Hals und begann herzzerreißend zu weinen.

„Bitte verzeih mir, du warst immer so gut zu mir und ich dankte es dir mit meiner Eifersucht, ich hatte mir Peter eingebildet und wollte ihn unbedingt für mich gewinnen, dabei waren mir alle Mittel recht, ich wusste nicht mehr was ich tat. Es war erst zu Ende, als ich mich in Götz verliebte, nun habe ich alles verloren, erst Konrad, der mich vergötterte, dann auch noch Götz, als er von meinen verbrecherischen Aktionen erfuhr. Ich bin am Ende, weiß nicht mehr ein noch aus und hoffe das man mir in der Klinik helfen kann."

Cornelia drückte sie fest an sich, sie hatte begriffen, die Achtung der Menschen hatte Renate schon verloren, wenn sie auch noch die letzte Freundin, die sie ihr lange Jahre gewesen war, verlor, musste man mit allem rechnen, denn der Chefarzt der Psychiatrischen Klinik hatte schon darauf hingewiesen, dass bei Ihr eine hohe Suizidgefahr besteht. Nach allem was passiert war, fiel es Cornelia sehr schwer sie nicht von sich zustoßen, aber ihr mütterliches Herz tat in diesem Augenblick das Richtige. Sie zog sie an sich und sagte:

„Vergiss bitte nie diese Worte, die ich dir jetzt sage und richte dein Handeln in Zukunft immer danach aus. Ich werde dich nicht verlassen, dich in der Klinik besuchen und dich finanziell unterstützen, dass verspreche ich dir."

Ethos

An "was ich glaube" - ist Urvertrauen,
darauf darf ich mein Leben aufbauen.
Mahnung nach ethischen Grundsätzen zu leben,
als wahrhafter Mensch mich menschlich benehmen.
"Was ich nicht will, dass man mir tu,
das füg ich keinem anderen zu".
So wird mein Leben nicht wirklich enden,
es wird sich wunderbar vollenden.

Wortschatz und Gedankengut dieses Gedichtes sind das geistige Eigentum von Prof. Dr. Hans Küng in seinem Buch >Was ich glaube<. Gedichtfassung: Rei©Men

Ende

Wenn Ihnen mein Buch gefallen hat, möchte ich Sie bitten eine Bewertung abzugeben. Gehen Sie in den Amazon-Büchershop, schreiben Sie Horst Reiner Menzel, klicken Sie in das Cover-Bild und wählen Sie Rezension, oder klicken Sie in das Feld Schreiben Sie eine Bewertung und nicht vergessen, Sie müssen Sterne vergeben.
Vielen Dank für Ihre Mühe.

Nachsatz

Die Strafen, welche die Gerichte für Cornelia verhängten, fielen oft immer härter aus, als die für die beiden Stalker. Die eine hatte aus unerfüllter Liebe zu Peter gehandelt, der andere war ihr sexuell hörig und konnte sich aus eigener Kraft nicht aus dieser Falle befreien. Die Dumme in der Sache war das Opfer, es war ohne eigenes Verschulden in diese Situation geraten, hatte im Stress zwar keinen „Unschuldsengel" getötet, aber eben das Pech gehabt, einen an diesem Fall unbeteiligten umzubringen und wurde dafür härter bestraft, als die eigentlich Schuldigen, die mit relativ leichten Strafen davonkamen. Soweit die Auffassung der meisten Deutschen Gerichte, - hinzukommt, dass die Ermittlungsbehörden bei Stalking-Fällen eher verharmlosend ermitteln, man hat anderes zu tun, da zählen Einbrüche und gekränkte, abgewiesene Liebhaber nicht zu den bevorzugten Aufklärungsgebieten, mit denen man Karriere machen kann. Wenn dann das Opfer keine eigenen Mittel oder Möglichkeiten hat, selber durch Detektive ermitteln zu lassen, steht der Gestalkte allein auf weiter Flur, der Rechtsstaat lässt ihn nicht nur im Regen stehen, sondern haut noch auf ihn drauf. Während in früheren Jahren eher die „gerechte Bestrafung" der Täter und die Abschreckung im Vordergrund standen, ist für die heutigen Gerichtsverfahren immer wichtiger die >Gestrauchelten< so schnell wie möglich wieder in die Gesellschaft einzugliedern.

Wenn man die Wege der Wahrheit verlässt,
wird es schwer sich nicht zu verlaufen.

Rei©Men

Ich möchte diese Haltung ein wenig kritisieren, man sollte sich Neuem nicht von vorn herein verschließen, doch immer bedenken, dass die althergebrachten Regeln des menschlichen Zusammenlebens in Jahrtausenden entstanden, verbessert und gereift sind und in der Gesellschaft einen Grundkonsens darstellen, den man nicht ohne Weiteres ändern oder aufgeben sollte, denn immer noch gilt der Grundsatz, dass auf die Tat die Strafe folgen muss. Die antiautoritäre Erziehung, die in den 6oziger Jahren des vergangenen Jahrhunderts begann, zeigt in der jetzt lebenden Generation eindeutige Züge von Egoismus und Verantwortungslosigkeit. Ein Spruch aus Afrika erklärt das Thema in einem einzigen Satz:

Zur Erziehung eines Kindes braucht man ein ganzes Dorf.

Vielen Menschen ist der Gemeinsinn verloren gegangen, das mag natürlich auch den anderen Faktoren, wie dem Alltagsstress in Familie und Arbeitsleben geschuldet sein. Trotzdem kann ich als älterer Mensch, der das Ende des Weltkrieges noch erlebt hat, nur vor der Vereinfachung und Verharmlosung warnen. Ein alter Grundsatz lautet: >Wehret den Anfängen <. Die Erziehung beginnt beim Säugling, geht in der Familie und in der Schule weiter und muss lebenslang fortgesetzt werden. Gerade an diesem Punkt ist der Gesetzgeber, die Exekutive aus Polizei und Gerichtswesen gefordert gesetzte Normen durchzusetzen, sonst macht jeder was er will. Was damals galt, gilt heute noch viel mehr:

>Was Hänschen nicht lernt, lernt Hans nimmermehr <.

In der heutigen Gesellschaft hat sich eine >Jetzt komm ich Mentalität eingeschlichen <, besten Anschauungsunterricht bieten unsere Straßen, hier ist inzwischen ein untragbarer Zustand eingetreten, der jedes Jahr tausenden das Leben kostet.

Da muss die Frage erlaubt sein: Wie soll das weitergehen? Hier hat es der Gesetzgeber eindeutig vernachlässigt den >Anfängen zu wehren <, indem er selbst für schwere Vergehen im Straßenverkehr viel zu lasche Strafen setzt, die Folge ist das Chaos, wie es jeder Beobachter aus eigener Anschauung weiß.

Der Autor

Die handelnden Personen:

Cornelia Berger	Die Gestalkte
Peter Hermann	Ihr Freund
Gerlinde Hermann	Mutter von Peter
Walter Hermann	Vater von Peter
Conny	Stalker
Renate Michaelis	WG-Bewohnerin
Werner Saalmann	Sicherheitsmann - Detektiv
Herbert	Bootswart
Maria Berger	Mutter von Cornelia
Obergföll	Polizeibeamter Berlin
Konrad Mertens	Studienkollege von Renate
Herr Spahn	Polizei Kommissar in Hamburg
Herr Steinhardt	Anwalt der Familie Hermann
Frau Borchert	Strafverteidigerin
Gerlach	Staatsanwalt
Dieter Maurer	Architekt
Benni	Assistent von Werner
Götz	Der neue Freund von Renate
Richard	Lebensgefährte von Maria Berger
Kellner	Gutachter
Hofmann	Untersuchungsrichter
Vogt	Handwerksmeister

Leser-Informationen

Horst Reiner Menzel wurde am 14. September 1938 in Sprem-
berg in der Mark Brandenburg geboren. Nach dem Besuch der
Schule und dem Abschluss einer Handwerks-Lehre war Menzel
in den Jahren von 1953 bis 1959 im Kanu- Leistungssport aktiv.
Er verließ 1959 die DDR, weil ihm die Ausbildung zum Meister
und auch ein Studium der Holztechnologie verwehrt wurden,
vermutlich Sippenhaft, weil sein Onkel von 1949 - 1954 als po-
litisch Verfolgter in Torgau und Bautzen einsaß. Menzel arbeitete dann in der Bundesrepublik in einem größeren Handwerksbetrieb und begann eine kaufmännische Ausbildung, in
deren Anschluss er von 1959 bis 1980 als Angestellter und Be-
triebsleiter, in diesem Betrieb tätig war. Ab 1980 führte Menzel zusammen mit seiner Frau Doris einen eigenen selbständi-
gen Handwerksbetrieb, bis er im Jahre 2003 den Betrieb an seinen Schwiegersohn übergab, in Pension ging und sich dem
Schreiben widmete.
Hobbys: Sport - Musik - Schach - Schreiben - Bücher

Veröffentlichungen:
Im Amazon und BoD Verlag als Taschenbücher und
Kindle E-Books deutschsprachig und

Publications:
In Amazon und BoD Verlag
as Paperbacks and Kindle E-books English

1
Gedichte und Aphorismen erzählen Geschichten
Nachdenkliches für Mußestunden
ca. 175 Gedichte 500 Aphorismen u. Epigramme
BoD Books and Demand und Amazon Verlag
ISBN: 9783753440156
ISBN: E-Book

2
Deutsch-Amerikanische Familienbande
Eine Familien-Saga erzählt die Geschichte der Auswanderer,
von Siedler-Trecks, Goldgräbern und Farmern,
von den Kriegsereignissen und der Nachkriegszeit.
Amazon Taschenbuch: ISBN 13: 978-1523693535
Amazon E-Book-Code ASIN: B01BDN5KWA

3
German-American Family Saga
A family saga tells the story of the emigrants, of settler treks,
gold diggers and farmers, of the war events and the post-war
period.
Amazon Paperback: ISBN: 9798575985259
Amazon E-Book-Code ASIN: B08PP1FS6F

4
Denkanstöße-Philosophische Betrachtungen
Gesellschaft im Wandel der Zeiten
BoD Books and Demand und Amazon Verlag
Taschenbuch: ISBN 9783753420615
E-Book: 9783753413143 ASIN : B08Z41GV51

5
Denkanstöße Philosophische – Betrachtungen
Astronomie – Physik – Universum
Künstliche Intelligenz – Robotik
BoD Books and Demand und Amazon Verlag
Taschenbuch: ISBN 9783752683417
E-Book: ISBN 9783753468297 ASIN : B08Y93R43D

6
Der ~Blitzschutz~
Die Entstehung einer Branche und ihre Normen-Krise
von 1955 - 2010
Amazon Taschenbuch: ISBN 13: 978-1508509301
Amazon E-Book-Code ASIN: B0098PNPEQ

7
Segelfieber
Fahrtensegler-Roman in der Seemannssprache, welche die
harten Realitäten auf hoher See nicht mit Seefahrerromantik
verklärt, sondern aufklärt.
BoD Books and Demand und Amazon
Taschenbuch ISBN: 9783746047720
E-Book: ISBN: 9783753469782

8
Lebensabschnitte

Episoden-Geschichten, Erinnerungen an den Krieg, die Nachkriegsjahre, den Neuaufbau Deutschlands.

Amazon Taschenbuch: ISBN 13: 978-1508520634
Amazon E-Book-Code ASIN: B00863LFAC

9
Stalking-Report

Der Jurist definiert Stalking als Nachstellung und Verfolgen einer Person, die solange wiederholt wird, bis das Opfer in seiner physischen oder psychischen Unversehrtheit nachhaltig gestört ist und sich langfristig bedroht und geschädigt fühlt. Der Roman erzählt die Geschichte einer jungen Frau, die anfangs das Geschehen für den Spleen eines abgewiesenen Verehrers hält, sich dann aber bald in ihren Lebenskreisen immer mehr einschränken muss, um den exzessiven Nachstellungen des Stalkers zu entgehen. Die hilfesuchend die Behörden anruft, aber lange Zeit auf taube Ohren stößt. Erst durch ein entscheidendes Ereignis, dass sie selber auslöst, wird sie plötzlich vom Opfer zur Angeklagten.

BoD Books and Demand und Amazon
Amazon Taschenbuch: ISBN-13: 9783752641110

10
Stalking Report

The jurist defines stalking as the stalking and pursuit of a person that is repeated until the victim is permanently disturbed in his physical or psychological integrity and feels threatened and harmed in the long term. The novel tells the story of a young woman who initially believes the events to be the quirk of a rejected admirer, but soon has to restrict herself more and more in her life circles in order to escape the excessive stalking of the stalker. She calls the authorities seeking help, but for a long time it falls on deaf ears. Only through a decisive event that she herself triggers, she suddenly goes from victim to defendant.

Amazon Paperback: ISBN: 979-8582816287
Amazon e-book ASIN: B08QVRX4C2

11
Das Verkehrs ABC

Ein Erfahrungsbericht aus 55 Jahren Fahrpraxis
Die häufigsten Fahr- und Denkfehler der
Verkehrsteilnehmer – Wie überlebe ich im Verkehrs-Chaos
Amazon Taschenbuch: ISBN 13: 978-1508474197
Amazon E-Book-Code ASIN: B00HQ27NM8

12
Silberpappeln

Roman und Huldigung an den Kanusport – Paddeln – Freizeit – in freier Natur genießen. Eine der wenigen Sportarten, die Welt aus einer anderen Perspektive zu sehen. Amazon Taschenbuch: ISBN-13: 978-1533673640 mit Schwarzweiß Bildern
Amazon Taschenbuch: ISBN-13: 978-1539830054
mit Farbfotos Amazon E-Book-Code ASIN: B01M3X34ML

13

Die Aussteiger-The Dropouts

Oase der Lebensfreude für Zivilisationsmüde
BoD Books and Demand und Amazon
Taschenbuch ISBN: 9783753462264
E-Book ISBN: 9783753415086

14

Elektrofahrrad-Pedelec von A -Z

Ein Erfahrungsbericht für Einsteiger
- Technik - Navigation - Verkehrsprobleme und mehr
Amazon Taschenbuch ISBN 13: 978-1508444350
Amazon E-Book-Code ASIN: B00T80UC42

15

Für tot erklärt

>Für tot erklärt < - erzählt die fiktive Geschichte von Rudolph
Kaiser und beschreibt eine für seine Familie unerträgliche Situation in drei Teilen. Die des „Kriminellen", des „Verschwunde-
nen" und die, der „Hinterbliebenen". Eigentlich eine wahre
Geschichte, die sich jeden Tag an Land und auf hoher See, in
der Berufs- Kreuz- und der Sport- Schifffahrt von Neuem ereig-
nen kann.
Amazon Taschenbuch: ISBN 9781979915090
Amazon E-Book-Code: ASIN: B07MNZMT7S

16

Die Tuchmacha

Eine leidenschaftliche Heimat-Geschichte beginnend mit dem
Erwachen des Industriezeitalters im 19. Jahrhundert der
Spremberger Tuchmacherdynastien, erzählt von einem mit
Spreewasser getauften Spremberger Horst Reiner Menzel.
Amazon Taschenbuch: ISBN 9798682501441
Amazon E-Book ASIN: B089SYB84B

17
Short Storries
What all this has come together in a long life.
Stories to smile and think about.
Impaled and written down,
Short stories to fall in love with.

Amazon Paperback: ISBN 9798692510969
Amazon E-Book Code: ASIN: B08KHH7VZ7

18
Der Blitz-König
Ein Blitzschutz-König, das war er in seinem Reich und in der Branche, ein Monarch im Tun und Handeln, und er wurde es wahrlich, ohne große eigene Anstrengung und Zutun. Sein Verdienst war es allerdings, immer die richtigen Leute zu finden, die ihn am Ende dorthin brachten was er wollte: Viel Geld.

BoD Books and Demand und Amazon Verlag
ISBN: 375-2660090
ISBN: 978-3752660098

19
Kurzgeschichten
Was so alles zusammengekommen ist in einem langen Leben.
Geschichten zum Schmunzeln und Nachdenken.

Amazon Taschenbuch: ISBN 9798682501441
Amazon E-Book ASIN: B08HK23CN4 Deutsche-Version
Amazon Paperback: ISBN: 9798692510969 Deutsch
Amazon E-Book ASIN: ASIN: B08KHH7VZ7 English Edition
Taschenbuch: ISBN ISBN: 9783752660098
E- Book Code: ASIN: B08LKF1KGX

20
Das Schwimmbad A B C

Die allermeisten Bauherren sind Schwimmbad-Leien. Es gibt auch nur wenige Architekten, die sich mit der Materie wirklich auskennen. Man verlässt sich gern auf die „Fachleute" respektive Schwimmbad-Errichterfirmen und steht dann oft schon beim Bau und später bei der Schwimmbadbetreuung einsam und verlassen da. Die Anlage kann durchaus gut und richtig geplant und auch ausgeführt worden sein, doch nun steht man vor der riesigen Aufgabe dieses Technikmonster am Laufen zu halten.

Amazon Taschenbuch: ISBN 9798654117342
Amazon E-Book-Code: ASIN: B08B8Y5NBY